Erika Hartmann
Vom Hasen, der rückwärts lief

Erika Hartmann

Vom Hasen,
der rückwärts lief

Kurzgeschichten

Die Bibliografische Information der Deutschen Bibliothek
Die Deutsche Bibliothek verzeichnet diese Publikation in der Deutschen Nationalbibliografie; detaillierte bibliografische Daten sind im Internet über www.d-nb.de abrufbar.

Einbandillustration: Erika Hartmann
Herstellung und Verlag: BoD – Books on Demand GmbH, Norderstedt
© 2015 Erika Hartmann
ISBN 978-3-7386-1748-1

Inhalt

Zwischen Eulen und Katzen	9
Hoch hinaus	15
Vom Hasen, der rückwärts lief	19
Beste Medizin	23
Das Wiedersehen	27
Wer hätte das gedacht	33
Abschied	39
Stillstand	45
Nackte Tatsachen	51
Der Tausch	57
Bunt gemixt	63
Erinnerung	69
Das Gespenst	75
Bald ist es so weit	81
Amanda	87
Leinen los	93

Der Traum vom Fliegen	99
Das Vorspiel	103
Der Notfall	109
Umgebunden	113
Der große Erfolg	119
Ruf der Eule	123
Lasterwetter	127
Unverhofft	133
Kehrwoche	139
Jedem das Seine …	145
Das Geschenk	149
Heimliche Versuchung	155
Bingo	161
Hannes mit der roten Kapp'	167
Verlaufen	173

Zwischen Eulen und Katzen

Er war ein alter Mann. Sein Rücken war gebeugt, sein Gang müde, und er bewegte sich langsam. Schon viele Jahre lebte er in seinem kleinen Haus allein, das etwas abseits der Ortschaft im Bergischen Land lag. Er wohnte in den unteren Räumen. Es genügte ihm zum Schlafen, Wohnen und Kochen. Seine Frau war schon seit vielen Jahren gestorben, und seine einzige Tochter hatte schon vor langer Zeit diesen Ort verlassen und war in die nahe gelegene Großstadt gezogen. Am Anfang hatte sie ihm sehr gefehlt. Dieses rothaarige Wesen mit dem Temperament seiner Mutter und dem herzhaften Lachen hatte ihn immer wieder aufgeheitert und das Leben erträglich gemacht.

Die Zeit danach war zuerst durchaus einsam, aber er hatte sich relativ schnell damit abgefunden und sein Leben nach eigenen Regeln gestaltet. Sein Tagesablauf folgte immer einer ganz bestimmten Reihenfolge, die nur in seltenen Fällen durchbrochen wurde.

Aufgestanden wurde am Morgen um sieben Uhr. Nach der Wäsche und dem Ankleiden wurde Kaffee gekocht, ausgiebig Zeitung gelesen und das Nötigste im Haushalt erledigt.

Je nach Jahreszeit musste der Garten bestellt oder im Winter Schnee geräumt werden. Einige Reparaturen fielen auch hin und wieder an und er erledigte sie, so gut es eben ging, selbst. Einkaufen war einmal in der Woche angesagt, das reichte für seinen alltäglichen Bedarf vollkommen aus. Besuch kam selten, nur jeden Donnerstag am späten Nachmittag kam sein Freund Paul und sie spielten Schach; das war ein Ritual, an dem es nichts zu rütteln gab. Viel geredet wurde dabei nie. Man konzentrierte sich auf das Spiel, und nur so nebenbei wurden ein paar Neuigkeiten ausgetauscht, die sich im Ort oder in der Umgebung zugetragen hatten.

Von seiner Tochter hörte er nicht viel, nur ab und zu erhielt er eine Postkarte, in der sie ihm mitteilte, dass es ihr gut ging.

Doch an einem Tag, es war kurz vor Sommerbeginn, erhielt er von ihr einen Brief. Sie wollte ihn für einige Zeit besuchen, ob es ihm recht wäre?

Irgendwie freute er sich riesig und sagte zu. Dennoch war sie ihm in der langen Abwesenheit etwas fremd geworden. Wie sie wohl nach all den Jahren aussah? Sie war doch auch schon bald vierzig Jahre alt.

Auf jeden Fall hielt er im Obergeschoss immer noch ihr Zimmer bereit, das nie verändert worden war.

An einem Dienstag war es so weit. Seine Tochter stand vor ihm. Beide sahen sich zuerst etwas befremdet an. Wie hatten sie sich doch verändert! Der Vater alt und etwas zerbrechlich, die Tochter fast schöner als in jungen Jahren, und sie wirkte immer noch so quirlig. Die roten Haare waren etwas gebändigt, aber die grünen Augen blitzten, wie er sie in Erinnerung hatte.

Es wird schon werden, dachte er, wir werden uns schon wieder aneinander gewöhnen.

Am nächsten Morgen wachte er zur gewohnten Zeit auf. Als er in die Küche kam, war der Kaffee schon gekocht, der Tisch gedeckt, und das Frühstück stand für beide bereit. Das war ungewohnt.

Sein Zeitplan war vollkommen durcheinander. Jetzt war nichts mehr zu tun, die Tochter hatte alles erledigt. So ging es den ganzen Tag weiter, und auch in den nächsten Tagen wurde er von allen Hausarbeiten ausgeschlossen.

Er beschloss deshalb, immer gleich nach dem Frühstück das Haus zu verlassen und täglich einen Spaziergang zum nahe gelegenen Wald zu machen. Das war am Anfang sogar schön und neu, jedoch hatte er nach ein paar Tagen daran die Lust verloren. Das Einzige, was blieb, war der Donnerstag mit Paul. Den ließ er sich auf keinen Fall nehmen.

Die nächsten Tage regnete es. Nein, es goss in Strömen. An einen Spaziergang war nicht zu denken, und in der Wohnung wütete seine Tochter. Es war ja wirklich gut gemeint von ihr, aber ihn nervte es doch etwas.

Er schaute sich ums Haus herum um und blickte auf seinen kleinen Schuppen, der etwas abseits stand. Da könnte er doch auch mal aufräumen. Was da alles herumlag. Hauptsächlich Holz, viel Holz.

Er nahm so einen kleinen Klotz in die Hand, holte sein Taschenmesser aus der Hosentasche und fing an, daran herumzuschneiden. Er war ganz vertieft in seine Arbeit, als er bemerkte, dass aus diesem Klotz eine Figur entstand.

Der Klotz hatte sich noch nicht so ganz, aber schon sichtbar in eine Eule verwandelt. Er war begeistert und schnitzte weiter. Das war doch besser, als immer nur im Wald herumzulaufen.

Am nächsten Tag machte er es sich in dem Schuppen ein bisschen wohnlicher. Ein Tisch und ein Stuhl mussten her und ein gutes Licht. Er suchte sich die besten Lindenhölzer zusammen, begann erneut zu schnitzen und war nicht mehr aus dem Schuppen wegzubringen. Mochte seine Tochter ruhig in der Wohnung walten, er schnitzte Eulen. Eine Eule war ihm an einem Tag etwas missglückt. Er betrachtete das Holzstück und sah, dass es einer Katze ähnelte. Sie gefiel ihm so gut, dass er jetzt auch Katzen in vielen Variationen schnitzte.

Er war wirklich produktiv. Eulen und Katzen zierten schon in Mengen das Regal im Schuppen, und sogar seine Tochter musste gestehen, dass seine Tiere von Tag zu Tag schöner wurden.

Die Sommerabende verbrachten Vater und Tochter oft gemeinsam bei einem Glas Wein. In diesen gemeinsamen Stunden erfuhr er auch so manches aus ihrem Leben. In den nächsten Monaten wollte sie heiraten. Im letzten Jahr hatte sie einen Mann kennengelernt, der in Australien wohnte, und in Kürze wollte sie zu ihm ziehen. Hatte sie wohl deshalb den Wunsch gehabt, noch einmal ein paar Wochen mit ihm zusammen zu sein?

So langsam hatte er sich ja daran gewöhnt, sie um sich zu haben.

Doch auch schöne Zeiten nehmen ein Ende. Der Tag ihrer Abreise nahte und beide wussten, dass sie sich lange oder überhaupt nicht mehr wiedersehen würden.

Er war wieder allein. Der Tagesablauf wollte sich nicht wieder so richtig einstellen. Es machte ihm immer mehr Mühe, alles zu ordnen. Die Schnitzerei hatte er ins Wohnzimmer verlegt, da es im Schuppen zu kalt wurde. Nur der Donnerstag mit Paul wurde immer noch regelmäßig eingehalten.

Dann fand er ein ganz besonderes Holzstück. Etwas größer als die anderen.

Aus diesem Stück wollte er etwas ganz anderes schnitzen. Er machte sich an die Arbeit und vergaß alles um sich herum. Er schnitzte und schmirgelte tagelang und freute sich, dass sein Meisterwerk ganz so gelang, wie er es sich vorgestellt hatte. Morgen war Donnerstag und da wollte er es Paul zeigen.

Als Paul wie gewohnt das Wohnzimmer betrat, sah er den Alten leblos vornübergebeugt am Tisch sitzen. In der Hand sein Schnitzmesser und vor ihm eine makellos geformte Büste. Die Ähnlichkeit der Skulptur mit seiner Tochter war unverkennbar. Rechts und links daneben wie immer viele Eulen und Katzen.

Hoch hinaus

Schon damals, als ich ein ganz kleiner Junge war, konnte ich es nicht ertragen, wenn Bekannte oder Freunde meiner Eltern mich verzückt ansahen, mir über den Kopf strichen und ausriefen: »Oh, ist das ein entzückendes kleines Kerlchen!«

Gewiss, meine dunklen Locken und die schwarzen Augen haben schon damals die Aufmerksamkeit, besonders die der Frauen, angezogen, aber mussten sie deshalb immer wieder meine Locken durcheinanderbringen?

Später, so mit fünf Jahren, hieß es dann öfter mal nur: »Du bist ja ein netter Kleiner.« Wieso klein?

Erst als ich eingeschult wurde, merkte ich, dass ich noch etwas wachsen musste, um mit den anderen Schülern mithalten zu können. Aber ich hatte ja noch viel Zeit.

Doch die Zeit verging, ohne dass ich nennenswert an Länge gewann. Ich konnte mich recken und strecken, es nützte nichts, ich blieb in meiner Klasse immer der Kleinste.

Der Kleinste, aber auch der Schnellste. Hauptsächlich im Sport war ich prima. Flink, schnell und wendig war meine Stärke und so schaffte ich es, nicht gehänselt zu werden.

Meine Eltern trösteten mich stets und versicherten mir immer wieder: »Irgendwann machst du einen Sprung in die Höhe und dann hast du deine Freunde bestimmt eingeholt.«

Als an meinem vierzehnten Geburtstag der große Sprung immer noch nicht stattgefunden hatte, war ich doch recht traurig. Fast alle Mitschüler, die ich eingeladen hatte, überragten mich um Haupteslänge, und ich kam mir an diesem Tag besonders klein vor.

Bevor ich am Abend ins Bett ging, kam mein Vater noch einmal in mein Zimmer und zog hinter sich zwei lange Stecken her.

»Wenn du fleißig übst«, meinte er, »kannst du in kurzer Zeit alle deine Freunde locker überragen.« Dann holte er die Stangen hinter seinem Rücken vor und überreichte mir zwei Stelzen.

So etwas hatte ich im Leben noch nie gesehen. Wie Vater wohl auf diese Idee gekommen war?

Ich sprang aus dem Bett und war plötzlich überhaupt nicht mehr müde. Ungeschickt klemmte ich mir die Ungetüme unter die Arme und wollte aufsteigen. Fehlanzeige!

Krachend fiel ich vornüber.

»Ich sagte doch, da musst du schon eine Weile üben, das ist nämlich überhaupt nicht so leicht«, schmunzelte Vater, und er hatte recht.

Täglich wurde geübt. Gleich nach der Schule und den Hausaufgaben holte ich meine Stelzen hervor und versuchte, Gleichgewicht und Balance zu halten. Und langsam, sehr langsam fand ich Halt, und Schritt für Schritt konnte ich mich in dieser Höhe immer besser bewegen. Wenn ich ganz sicher auf meinen Hilfsbeinen wäre, würde ich mich in voller Größe damit in die Schule wagen und alle haushoch überragen.

Endlich war es so weit. Meine Bemühungen wurden belohnt. Perfekt! Ich bewegt mich so sicher, als ob ich schon immer mit Stelzen unterwegs gewesen wäre. Steigungen, Gefälle, Treppen und sonstige kleine Hindernisse, alles konnte ich mühelos meistern, und so erschien ich eines Tages hochhackig in der Schule.

Lehrer und Schüler schauten erstaunt zu mir auf, denn an diesem Tag konnte ich auf alle hinuntersehen, ich war der Größte! Die Treppen hinauf zum Klassenzimmer nahm ich souverän und noch immer konnte ich die bewundernden und überraschten Blicke der Schüler sehen.

Leider währte meine große Zeit nicht lange, denn viele meiner Freunde fanden die Stelzen ebenfalls super. Schon bald hatten auch alle anderen Spaß daran, und als auch sie geübt darin waren, war ich mal wieder der Kleinste.

Trotzdem hatten wir noch lange Freude an unseren Ersatzbeinen, und sogar ein Lehrer hat sich dafür begeistern können und damit Laufen gelernt.

Ein bisschen bin ich dann doch noch gewachsen, habe weiter nach Stärken gesucht, die in mir steckten, und sie im Boxsport gefunden. Im Fliegengewicht hatte ich gute Chancen und wieder einmal musste ich viel trainieren.

Heute habe ich es geschafft. Ich habe gewonnen! Europameister im Fliegengewicht! Jetzt stehe ich auf dem Podest, man hat mir den Siegerkranz und eine Schärpe umgehängt und jubelt mir zu.

Unten stehen meine Eltern. Vater schaut zu mir hinauf und steckt mir einen Zettel zu:

Du bist zwar nicht der Größte, hast aber Großes erreicht. Ich bin stolz auf Dich.

Vom Hasen, der rückwärts lief

Jeden Tag führt mich mein Weg durch den Park. Nach der Arbeit sind es ein paar Schritte, wo ich total abschalten und mich auf den Feierabend vorbereiten kann.

Ich liebe die Stille, die mich an diesem Ort nach dem hektischen Ablauf des Tages umgibt, die alten Bäume, die je nach Jahreszeit ihr Bild verändern, und die kleine Tierwelt, deren Geschöpfe man nach kurzer Zeit wiedererkennt, denn jedes von ihnen hat seine ganz individuellen Eigenheiten.

Heute aber ist mir ein neues Tierchen über den Weg gelaufen, eine Ratte. Sie lief ganz gemächlich und ohne Hektik den Weg entlang. Nicht dass ich Ratten besonders schön finde, aber sie lösen in mir auch keine Panik mehr aus wie in meiner Jugend.

Jetzt, beim Anblick dieser Ratte, taucht die Erinnerung an eine Geschichte aus meiner Schulzeit wieder auf – eine Geschichte, die mich lange bewegt und geprägt hat.

Ich war ein durchschnittlich guter Schüler, hatte viele Freunde und war ein ausgesprochen guter Sportler. Ich war immer dabei, wenn es darum ging, Streiche auszuhecken, war mutig und unbekümmert.

Erst im Schullandheim habe ich erstmals so richtig Erfahrung mit der Angst gemacht.

Wir hatten uns nach einem anstrengenden Tag alle müde und zerschlagen in unserem Schlafsaal eingefunden, als ich unter dem Bett meines Nachbarn eine Ratte sah. Ich hatte so ein Tier noch nie aus der Nähe gesehen und der Anblick löste in mir ein solches Entsetzen aus, wie ich es noch nie empfunden hatte. Zuerst blieb ich starr stehen, dann entfuhr mir ein greller Schrei. Meine Mitschüler kamen angerannt, um zu sehen, was mich so in Angst versetzte. Als sie die Ratte erblickten, die sich vor Schreck verkroch, dann aber schleunigst das Weite suchte, blieb der Spott meiner Freunde nicht aus. Jetzt hatten sie ein treffliches Mittel, mit dem sie mich in Zukunft aus der Ruhe bringen konnten. Das setzten sie in der kommenden Woche dann auch prompt in die Tat um.

Wie jeden Morgen fuhr ich an diesem Tag wie fast alle Mitschüler mit dem Fahrrad in die Schule. Damals gab es noch keine Fahrradständer dort, und die Räder standen nebeneinander aufgereiht. Es war kein Problem, alle stellten das Rad so ab, dass man es jederzeit wieder hervorholen konnte.

Als ich nach dem Unterricht gerade meines holen wollte, rief Jürgen mir etwas zu. Ich drehte mich um – und dann sah ich sie. Die Ratte kam geradewegs auf mich zu. Etwas weiter sah ich meine Mitschüler im Kreis stehen, die gespannt zusahen, was sich jetzt abspielen würde.

Ich sah nur noch das Ungeheuer, lief rückwärts, um das furchtbare Tier ja nicht aus den Augen zu verlieren. Aus der Ferne hörte ich die spöttischen Rufe meiner Klassenkameraden: »Angsthase, Angsthase!«

Die Ratte aber kam immer näher auf mich zu. Ich hastete schneller rückwärts und bemerkte nicht die Fahrräder hinter mir. Als ich auf dem ersten Rad landete, war es wie eine Kettenreaktion. Nacheinander, wie Dominosteine, fielen sämtliche Fahrräder um und das Chaos war unbeschreiblich, der Schaden erheblich. Verbogene Lenker und Achter in den Rädern.

Die spöttischen Rufe waren verstummt, alle suchten in dem Wirrwarr nach ihrem Gefährt und zogen es unter viel Mühe aus dem Trümmerberg hervor.

Aber auch die Ratte war verschwunden. Jürgen hatte sein zahmes Tier schnell in Sicherheit gebracht, das bestimmt genauso verstört und verschreckt war wie ich.

Den Heimweg hatten einige von uns noch lange in wütender Erinnerung, denn viele mussten ihr Rad schieben und der Weg war für einige doch sehr weit.

Jürgen und die anderen haben das Wort *Angsthase* nie wieder in den Mund genommen, und Jürgen hat mich sogar danach des Öfteren zu sich nach Hause mitgenommen. Selbstverständlich hat er mir auch seine zahme Ratte vorgeführt – nd es war unglaublich: Meine Angst und meine Abscheu waren nach kurzer Zeit nicht ganz, aber doch so einigermaßen verschwunden.

Jürgen und ich, wir sind bis heute gute Freunde geblieben, und er hat immer wieder eine zahme Ratte bei sich zu Hause.

So langsam habe ich mich daran gewöhnt, aber eines ist sicher: So ein Haustier werde ich mir niemals zulegen.

Beste Medizin

Heute hatte Conni einen letzten Termin beim Arzt. Die Schulter schmerzte zwar noch, aber es war mit all den Übungen und Tabletten doch schon wieder einigermaßen erträglich geworden. Als sie um zehn Uhr zur bestellten Zeit das Wartezimmer betrat, ahnte sie schon, dass sie sich auf eine lange Wartezeit einstellen musste. Es war voll, doch sie erwischte gerade noch einen freien Platz. Jetzt im Herbst hatte sich wieder die Zeit der Erkältungen angesagt, und lauter niesende und hustende Menschen füllten den Raum. Alle sahen krank und müde aus. Hoffentlich steckte sie sich nicht auch noch mit einer Grippe an, denn die vielen Viren tanzten förmlich sichtbar in dem stickigen Raum herum, sodass man sie fast greifen konnte.

Hätte sie doch nur ihr Strickzeug oder ihr Buch mitgenommen. So blieben nur die Zeitschriften, die auf dem Tisch ausgebreitet lagen. Gerade wollte Conni sich so einen Lesestoff holen, als ihr beim Aufstehen ohne Vorwarnung ein lauter Pups entwischte. Entsetzt blieb sie stehen und blickte sich erschrocken um. Wie konnte ihr auch so etwas Peinliches passieren! Sie bemerkte, wie plötzlich alle Anwesenden zu ihr herschauten. Manche leicht grinsend, andere verwundert und manche auch mit einem Blick, der sagte: »Na, wie kann man nur!« Conni bemerkte, wie ihr das Blut wie eine Riesenwelle in den Kopf stieg, und am liebsten wäre sie im Erdboden versunken.

Als sie so verschüchtert und hilflos dastand, tat sie dem Mann, der gegenüber in der Ecke saß, furchtbar leid. Er stand auf, schaute Conni grinsend an und meinte: »Was Sie können, das kann ich auch«, worauf das Wartezimmer noch einmal von einem dröhnenden Geräusch erfüllt wurde.

Jetzt war das Entsetzten perfekt. Die Menschen im Raum wussten alle nicht, wie sie auf diese Situation reagieren sollten – bis auf den kleinen Jungen, der neben seiner Mutter auf der Bank hockte. Er streckte sich und rief begeistert: »Jetzt versuche ich es auch mal!« Als sein Versuch allerdings misslang, fing er so herzlich an zu lachen, dass plötzlich alles ringsherum schmunzelte und dann nach und nach in lautes Gelächter ausbrach. Als dann noch eine ältere Frau die Hand hob und mit ihrer leisen Fistelstimme meinte: »Das ist mir in einem Museum auch schon mal passiert, aber da hat niemand gelacht«, da konnten sich selbst die Kränksten nicht mehr zurückhalten, und das Gelächter nahm kein Ende.

Diesen Lärm musste auch der Doktor im Sprechzimmer vernommen haben, denn plötzlich erschien er und blickte belustigt in die Runde. »Nanu«, meinte er, »ich hatte gedacht, ich habe hier nur kranke Patienten zu kurieren, aber im Moment sieht es gar nicht danach aus. Können Sie mir sagen, was für eine Medizin Sie eingenommen haben?«

»Nicht eingenommen, rausgelassen«, prustete ein junger Mann von hinten, und wieder hallte lautes Lachen durch den Raum.

Conni hatte ihre Verlegenheit überwunden, aber nie wieder wollte sie in diese peinliche Situation geraten; es fand sich ja schließlich auch nicht immer ein Kavalier, der ihr so charmant aus der Patsche half.

Als die Patienten so nach und nach zur Behandlung eingelassen wurden, schrieb der Doktor wie immer die gegen die Krankheit verordneten Medikamente auf, empfahl aber jedem, wenigstens einmal täglich kräftig zu lachen; das sei doch, er habe es ja heute selbst erlebt, die beste Medizin.

Das Wiedersehen

Heute hat Julia ihren freien Tag. Regelmäßig einmal im Monat darf sie ihre Kinder – Paul ist drei und Selma fünf Jahre alt – bei den Schwiegereltern abgeben und sich die freien Stunden nach Lust und Laune einteilen, wie es ihr gefällt.

Diesmal will sie in die Stadt fahren. Zuerst den lange ausgemachten Zahnarzttermin wahrnehmen und dann einen ausgiebigen Bummel durch die Geschäfte machen. Lange hat sie sich nichts mehr gegönnt, vielleicht findet sie ja an diesem Tag etwas Schönes für sich.

Sie muss sich beeilen, denn heute ist sie ausnahmsweise auf den Bus angewiesen, da Walter ausgerechnet gestern das Auto zur Inspektion gebracht hat.

Mit Walter ist Julia nun schon sieben Jahre verheiratet und sie ist zufrieden mit ihrem jetzigen Leben. Walter ist ein ruhiger, ehrlicher Mann und sie fühlt sich geborgen bei ihm. Auf einer

Geburtstagsfeier ihrer Freundin Beate lernte sie ihn kennen, sie trafen sich öfter, und schon nach kurzer Zeit beschlossen sie zu heiraten. Für Julia war es nicht die ganz große Liebe, aber sie hatte Vertrauen zu Walter und konnte sich eine sichere Zukunft und ein harmonisches Zusammenleben mit ihm gut vorstellen.

Ihre ganz große Liebe hatte sie nach all den Jahren fast vergessen, auf jeden Fall verblasste sie immer mehr und sie dachte ungern an jene Zeit zurück.

Es war Peter, mit dem sie vorher verheiratet gewesen war. Er war ein Mann voller Charme und Leidenschaft, liebenswürdig und unkompliziert. Die vier Jahre mit ihm waren wunderschön.

Beide hatten einen Beruf, der sie ausfüllte. Das Einkommen war gesichert und sie konnten das Leben genießen. Viele Reisen waren geplant, eine Eigentumswohnung wurde gekauft, Feste gefeiert, und Annehmlichkeiten jeder Art konnten sie sich locker leisten. Den Kinderwunsch schoben sie immer weiter hinaus; warum eigentlich?

Dann geschah es an einem Tag im Juni. Beide waren noch etwas verschlafen und müde nach einer wieder mal aufregenden Nacht.

Dennoch erschien Peter wie immer korrekt angezogen zum Frühstück. Sein grauer Anzug saß perfekt, sein Haar war wie immer akkurat frisiert. Nicht ganz passte die alte Ledertasche zu seinem

Outfit, aber aus irgendeinem Grund wollte er auf diese nicht verzichten, obwohl Julia ihm zu Weihnachten eine ganz besonders teure Tasche geschenkt hatte, aus feinem Ziegenleder und mit vielen Extras. Doch die lag immer noch unbenutzt im Schrank.

Wie jeden Morgen verabschiedete Peter sich mit einem langen Kuss, klemmte die alte Tasche unter den Arm und verließ die Wohnung – für immer.

Es war das letzte Mal, dass sie ihn sah. Als er an jenem Abend nicht nach Hause kam, machte sie sich noch keine großen Sorgen. Vielleicht war er ja mit Kunden unterwegs.

Als er am nächsten Morgen immer noch nicht erschien, rief sie doch etwas besorgt in seiner Firma an. Dort war man sehr verwundert, denn auch in der Firma hatte man Peter schon vermisst.

Wiederholt rief sie auf seinem Handy an, aber er meldete sich nicht. War ihm etwas zugestoßen? Julia telefonierte bei Freunden, in Krankenhäusern und immer wieder mit der Firma. Nirgends eine Spur von ihrem Mann.

Schließlich wurde die Polizei eingeschaltet, aber Peter war und blieb verschwunden.

Tage, Monate, Jahre vergingen und nach drei langen Jahren hatte Julia die Warterei aufgegeben und reichte die Scheidung ein.

Was war geschehen?
Wo war er geblieben?
Warum hatte er das getan?
Diese Fragen konnten nie beantwortet werden.

Jetzt haben Walter und die Kinder ihrem Leben einen neuen Inhalt gegeben, alles andere ist Vergangenheit.

Nach dem Zahnarzttermin lässt Julia es sich gut gehen. Im Café gönnt sie sich einen Cappuccino und dazu ein großes Stück Torte, danach kommt der Einkaufsbummel. Ein Paar neue Schuhe und einen weichen Pulli hat sie erstanden.

Glücklich und zufrieden mit dem heutigen Tag steigt sie am späten Nachmittag in den Bus. Die Fahrt dauert circa vierzig Minuten, dann noch die Kinder abholen und den Abend mit einem Glas Wein abschließen.

Als der Bus kurz vor dem Ziel an einer roten Ampel halten muss, schaut Julia gelangweilt und müde aus dem Fenster. Aber plötzlich ist sie hellwach. Das kann doch nicht wahr sein! Draußen vor dem Bus steht Peter. Als ob all die Jahre überhaupt nicht existiert haben, sieht sie ihn direkt vor sich in seinem grauen Anzug und mit der alten Ledertasche unter dem Arm. Er muss sie ebenfalls erkannt haben, denn kurz hebt er die Hand wie zum Gruß und lächelt sie an.

Julia will raus aus dem Bus, aber die Ampel wechselt in diesem Augenblick auf Grün und der Bus fährt weiter. Sie kann es einfach nicht fassen, lange blickt sie zurück, bis der Bus abbiegt und die Gestalt aus ihrem Blickfeld verschwindet.

Zu Hause angekommen fahndet sie im Computer sofort unter seinem Namen nach ihm, findet jedoch keinen Hinweis. Er hat sich wieder einmal heimlich und unauffindbar verabschiedet.

Viel, viel Zeit ist vergangen. Julia ist im vorigen Jahr siebzig geworden. Noch immer hält sie an ihren Gewohnheiten fest und fährt ab und zu in die Stadt. Heute findet dort der große Flohmarkt statt. Sie genießt das bunte Treiben und schaut gerne die Stände an, obwohl sie im Grunde ja nichts mehr braucht.

Da eine alte Nähmaschine, dort Geschirr, eine Puppe und ausgedienter Kleinkram. Unter all den Sachen entdeckt sie plötzlich eine alte Ledertasche. Ziemlich abgenutzt sieht sie aus. Irgendwie kommt ihr die Tasche bekannt vor. »Für fünf Euro können Sie die haben«, meint der Händler. Julia schaut sie sich genau an und entdeckt innen zwei Buchstaben: PG. Sollte es wirklich die von Peter sein? Sie legt die fünf Euro hin und nimmt das abgewetzte Lederutensil an sich.

Zu Hause angekommen, schaut sie sich die Tasche noch einmal genau an. Eigentlich findet sie es gar nicht mehr so wichtig, wem sie gehört hat.

Nicht einmal die zerknitterte Auslandsfahrkarte, die sie darin findet, rührt sie noch. Kurz entschlossen legt sie das alte Stück zu den anderen ausrangierten Gegenständen, die sie demnächst sowieso entsorgen will.

Wer hätte das gedacht

Nach einem harmonischen, erfolgreichen Leben hatte sich in kürzester Zeit alles so schnell ins Gegenteil verwandelt. Die Ehe mit meiner Frau war nach sechzehn Jahren zerbrochen, die Erweiterung der Firma hatte sich verzögert und mit der Finanzierung sah es auch nicht gerade rosig aus. Einfach nur Ärger. Ich musste endlich mal was anderes sehen und hören.

Es war Sommer und seit drei Wochen beeinflusste ein Hoch das Wetter. Trockenheit und extrem hohe Temperaturen legten alles Leben lahm. Die Menschen wirkten schlapp, lustlos und müde. Selbst die Natur konnte der Hitze nicht standhalten und welkte so langsam dahin. Regen war bitter nötig. Ich beschloss in die Berge zu fahren. Vielleicht war in nächster Zeit mit etwas kühlerem Wetter zu rechnen; ein paar Wanderungen unternehmen, alleine in Ruhe wieder neue Gedanken fassen und Energie sammeln, das war mein Ziel.

Das kleine Hotel in einem Seitental war bestimmt eine gute Wahl. Das Zimmer war gemütlich, und es hatte sogar ein kleines Schwimmbad hinter dem Haus, das bei der Hitze für ein bisschen Abkühlung sorgen würde.

Die erste Nacht schlief ich nicht besonders gut. Die Mücken störten gewaltig und auch meine Gedanken schweiften immer wieder zurück zu meinen Sorgen. Unausgeschlafen nahm ich mein erstes Frühstück ein und konnte dabei die übrigen Gäste ein wenig beobachten. Ein junges Paar, das sich unaufhörlich liebevolle Blicke zuwarf, ein Mann alleine an einem Tisch, der nervös an seinem Handy hantierte, daneben zwei ältere Damen, die sich ziemlich laut unterhielten, eine junge Frau, hübsch anzusehen, aber sehr distanziert, und eine Familie mit zwei lebhaften Buben.

Ich selbst hatte keine Kinder und somit wollte ich eigentlich auch nicht unbedingt von dieser Rasselbande gestört werden.

Es war auch an diesem Tag sehr heiß. Schon in den Morgenstunden zeigte das Thermometer vierundzwanzig Grad. Da verzichtete ich doch lieber auf eine Wanderung, nahm einen Liegestuhl und hielt mich am Pool auf. Noch war es still, aber der einzelne Herr tauchte gerade auf und nahm in unmittelbarer Nähe Platz. Gleich hatte er wieder sein Handy am Ohr und sprach unaufhörlich. Das nervte! Die zwei Damen hatten ihren Stammplatz etwas weiter weg, aber das ewige Geschnatter und Gelächter drang auch bis zu mir herüber. Die Unnahbare hatte sich weit weg mit irgendeiner Schreibarbeit zurückgezogen, leider, denn sie würde wohl am wenigsten stören. Etwas später trudelte auch noch die Kinderfamilie ein. Sofort sprangen die Jungen mit einem Hallo ins Wasser und der Pool verwandelte sich im Nu in ein schäumendes Gewässer. Sollte das meine Erholung werden?

Trotzdem war ich am Abend müde, und nachdem ich an der Bar noch ein kühles Bier zu mir genommen hatte, schlief ich trotz Mücken und Hitze wunderbar ein. Auch der nächste Tag brachte keine Veränderung, es blieb heiß. Also nahm ich wieder meinen Platz am Schwimmbecken ein und döste einfach vor mich hin.

Gerade wollte ich mal wieder ins Nass und hatte schon fast den Beckenrand erreicht, als ich ausrutschte. Ein furchtbarer Schmerz durchzuckte mich und ich konnte mein Bein nicht mehr aufstellen. Humpelnd kehrte ich zum Liegestuhl zurück und schon schwoll mein Fuß gewaltig an. Mein Nachbar sah es und kam auf mich zu.

»Mertens«, stellte er sich vor, »ich bin Chirurg, gestatten Sie, dass ich mir Ihren Fuß mal ansehe?«

Nachdem er fachmännisch den geschwollenen Knöchel inspiziert hatte, meinte er: »Na, da werden Sie wohl noch ein paar Tage außer Gefecht bleiben, aber gebrochen ist er nicht.«

Das waren ja schöne Aussichten!

»Aber«, fuhr er fort, »bei der Hitze können Sie es ja auch hier ganz gut aushalten. Warten Sie einen Moment«, und er stand auf und verschwand. Kurz darauf kam er mit einem kleinen Koffer zurück und strich meinen Fuß mit einer Salbe ein und legte einen Verband an. Ich wollte ihm danken, aber er meinte: »Jetzt hatte ich doch endlich mal wieder etwas zu tun. Übrigens, spielen Sie Schach?« Als ich bejahte, strahlte er und meinte: »Na, da werden wir die Zeit doch sinnvoll rumkriegen.«

Natürlich hatte ich die Aufmerksamkeit aller Gäste auf mich gezogen. Die zwei Damen hörten auf, sich laut zu unterhalten, und kamen kurz darauf mit einem Erfrischungsgetränk auf mich zu. »Sie können doch im Moment sowieso nicht aufstehen«, meinten sie und blieben sogar eine Weile neben mir, um mich zu bedauern. Sie redeten wie immer ununterbrochen, dabei waren sie so lustig, dass ich zu meinem Erstaunen in ihr Gelächter einstimmte.

Die beiden Buben schauten mich wegen meiner Verletzung ebenfalls voller Mitleid an, und als sie wieder mal im Wasser rumalberten, spritzten sie mich an und meinten: »Nur eine kleine Abkühlung«, und mir tat es tatsächlich gut.

Die nächsten Tage verbrachte ich die meiste Zeit mit Dr. Mertens beim Schachspielen. Dabei bemerkte er so nebenbei, dass er jetzt endlich abschalten könne und nicht immer an seine Klinik denken müsse. Sogar sein Handy benutzte er nicht mehr.

Meinem Fuß ging es von Tag zu Tag besser. Langsam konnte ich wieder auftreten und sogar kleine Spaziergänge machen. Mein Rucksack stand aber immer noch in der Ecke, denn größere Wanderungen würde ich in diesem Urlaub wohl nicht mehr machen.

Die Abende verbrachte ich immer gern an der Bar des Hotels und meistens leistete Dr. Mertens mir Gesellschaft. Aber in den letzten Tagen gesellte sich auch die »Unnahbare« zu uns. Sie war Übersetzerin, und da sie ihre Arbeit zu einem bestimmten Termin abliefern musste, hatte sie sich an einen ruhigen Ort zum Arbeiten zurückgezogen. Jetzt war sie mit ihrer Schreiberei fertig und freute sich über unsere Gesellschaft.

Der Urlaub nahte sich dem Ende. Wer hätte gedacht, dass es doch noch so schöne Tage würden! Sogar die qualvolle Hitze hatte sich gelegt und für die nächsten Tage wurde Regen vorausgesagt.

Der Abschied von allen Gästen war überaus

herzlich. Selbst die beiden Jungen würde ich ein bisschen vermissen.

Mit Dr. Mertens habe ich noch immer Kontakt, und ab und zu treffen wir uns noch zu einer Schachpartie. Die »Unnahbare« ist eigentlich gar nicht so unnahbar, denn wir sind jetzt schon seit zwei Jahren verheiratet und haben einen Sohn. Der nächste ist unterwegs und ich hätte nie gedacht, dass mir so eine Rasselbande gefallen würde.

Abschied

Nur wenn Irma aus dem Fenster schaut, kann sie etwas Farbe erkennen. Der Baum hat in den letzten drei Monaten so langsam seine volle Blätterpracht entfaltet und das üppige Grün, von der Sonne angestrahlt, leuchtet heute besonders strahlend in das trostlose weiße Krankenzimmer.

Morgen soll sie aus dem Krankenhaus entlassen werden. Ob sie sich darauf freut, kann sie im Augenblick nicht einmal sagen, denn sie hat sich in den letzten Monaten und Wochen an die Schmerzen, die Hilflosigkeit und an die Eintönigkeit in diesem Haus gewöhnt. Die Antwort auf die Frage, ob sie in ihrem Zustand jemals wieder so richtig am Leben teilnehmen wird, ist im Moment sehr ungewiss.

Am liebsten möchte sie sich unter der Bettdecke verkriechen und nie mehr hervorkommen.

Wie jeden Tag nimmt sie auch jetzt den Handspiegel hervor und versucht das Bild, das ihr entgegenblickt, zu erkennen. Die Ärzte haben wirklich einiges vollbracht, trotzdem kommt ihr das eigene Gesicht immer wieder fremd vor. Die Augenlider sind verschoben und um die Mundpartie sind immer noch Spuren der Verbrennung zu sehen. Wenn sie lächelt, meint sie, eine Grimasse breite sich über das Gesicht aus. Die Wunden an den Armen kann man ja verdecken, die Augen hinter einer Sonnenbrille verstecken, doch ansonsten werden die Menschen sie anstarren oder wegschauen. Warum musste es ausgerechnet ihr passieren? Dabei fing alles so wunderbar an.

Es war auf der Geburtstagsfeier ihrer Freundin Beate, als sie ihn kennenlernte. Es war nicht einmal Liebe auf den ersten Blick, aber sie fand es schön, sich mit ihm zu unterhalten. Er hatte eine angenehme Stimme und sie bemerkten beide schnell, dass sie viele gemeinsame Interessen hatten. Den ganzen Abend verbrachten sie zusammen und irgendwie war es ganz selbstverständlich, dass Ferdinand sie zum Ende hin nach Hause brachte.

Sie verabredeten sich für den nächsten Tag, und Irma musste sich eingestehen, dass sie sich auf die Verabredung sehr freute. Es wurde auch ein wunderschöner Abend. Ferdinand hatte einen Tisch in einem gemütlichen Restaurant bestellt, und schon damals fühlten beide, dass es nicht die letzte Begegnung war.

Es wurde mehr. Beide waren verliebt, und es

verging kaum ein Tag, an dem sie nicht zusammen waren. Als Ferdinand sie schon nach kurzer Zeit bat, seine Frau zu werden, war sie sofort einverstanden und einfach nur glücklich.

Irma und Ferdinand hatten jetzt viel zu tun. Die Vorbereitungen für die Hochzeit fielen an. Gästelisten wurden erstellt, Ort und Zeit festgelegt, das Menü wurde geplant, Musik ausfindig gemacht und noch viele Kleinigkeiten erledigt.

Irma suchte nach einem passenden Brautkleid und fand es in der nahe gelegenen Stadt. Das Kleid war ein Traum und sie fand sich wunderschön darin. Sie würde ihrem Ferdinand bestimmt gefallen. Ein paar Kleinigkeiten mussten noch abgeändert werden, dann war es perfekt, und am kommenden Tag konnte sie es schon abholen.

Am nächsten Nachmittag machte sie sich auf den Weg.

Eine Liste für einige Einkäufe hatte sie noch eingesteckt, aber das Brautkleid war natürlich das Wichtigste. Sie fuhr die Landstraße Richtung Stadt, hatte das Radio an und war in bester Stimmung. Der Lastwagen vor ihr ärgerte sie zwar, aber den konnte man auf dieser Strecke irgendwann überholen. Jetzt war die Gelegenheit gekommen, sie gab Gas – doch schon auf halbem Weg merkte sie, dass es nicht ganz reichte, denn ein Auto kam ihr entgegen. Ein

Schwenk nach links, aber sie war zu schnell. Ihr Auto kam von der Straße ab und schoss die Böschung hinunter. Irma kam alles wie in Zeitlupe vor. Den Aufprall spürte sie schon nicht mehr und als sie erwachte, befand sie sich im Krankenhaus, eingepackt in Mull und Bandagen.

Ferdinand war sofort zur Stelle. Besorgt saß er stundenlang an ihrem Bett und versuchte sie zu trösten. Die Hochzeit musste zwar aufgeschoben werden, aber viel wichtiger war es, dass sie bald wieder einigermaßen am Leben teilnehmen konnte.

Niemand ahnte, dass es lange dauern würde.

Als Irma zum ersten Mal der Verband im Gesicht entfernt wurde, war Ferdinand dabei. Sie wird nie vergessen, wie er plötzlich erstarrt und entsetzt auf sie herabblickte. Irma verlangte sofort einen Spiegel. Sie erschrak furchtbar und konnte Ferdinand verstehen. Wie würde es jetzt weitergehen?

Doch Ferdinand kommt weiter regelmäßig, tröstet sie und gibt ihr zu verstehen, dass sich an seiner Liebe zu ihr nichts geändert hat.

Aber sie hat sich verändert. Nicht nur äußerlich. Irma kann nicht mehr unbeschwert und fröhlich sein. Ihre Persönlichkeit ist gebrochen.

Heute ist der Tag ihrer Entlassung. Ferdinand will sie am Mittag aus dem Krankenhaus abholen. Gestern am Abend hat sie noch mit ihm telefoniert und ihm mitgeteilt, dass sie vorläufig zuerst ihre Eltern aufsuchen will und sich dort ein paar Wochen Zeit zum Eingewöhnen gönnen möchte. Die Fahrkarte habe sie sich schon im Internet gekauft. Ferdinand ist nicht gerade begeistert gewesen, aber er hat dann doch zugestimmt, aber nur, wenn er sie ab und zu dort besuchen könne. Die Fahrkarte hat Irma sich wirklich besorgt, jedoch nicht zu dem angegebenen Ziel.

Weit weg in ein unbekanntes Land.

Jahre später kommt sie noch einmal in ihre Heimat zurück.

Sie findet das Haus, in dem Ferdinand jetzt wohnt. Im Garten entdeckt sie eine junge Frau, und zwei Kinder toben auf dem Grundstück herum. Es tut weh, dennoch freut sie sich, dass wenigstens Ferdinand doch noch sein Glück gefunden hat.

Stillstand

Ein wunderschöner Herbsttag. Schon seit vielen Tagen konnten die Menschen die Sonnenstrahlen dieser Jahreszeit in vollen Zügen genießen. Das bunte Laub der Bäume leuchtete in allen Farben und nicht nur die Natur strahlte, sondern alles hatte die Umgebung in eine fröhliche Stimmung versetzt.

Jung und Alt flanierten durch die Straßen, besetzten die Cafés oder machten es sich in den Grünanlagen bequem.

Ein richtiger Sommertag im Herbst.

Auch Elke hatte sich an diesem Nachmittag vorgenommen, im nahe gelegenen Stadtpark ein paar Stunden auszuruhen, bevor sie den schon seit langer Zeit festgelegten Zahnarzttermin wahrnehmen musste. Ausgerechnet heute! Doch der Zahnarzt musste ja schließlich auch arbeiten und konnte seine Patienten nicht einfach wegschicken und draußen die Sonne genießen.

Sie nahm ihr Buch, setzte sich auf die nächste Bank und genoss die spätsommerlichen Stunden.

Langsam wurde es etwas kühler. Sie schloss ihr Buch und wollte sich auf den Weg machen. Gewohnheitsmäßig schaute sie auf ihre Uhr, Nanu, die war doch tatsächlich um sechzehn Uhr stehen geblieben. War die Batterie schon wieder dahin? Wie spät mochte es wohl genau sein?

Den jungen Mann auf der Bank neben ihr wollte sie gar nicht erst fragen, der war so mit seinem Handy beschäftigt, dass sie es sich nicht traute. Aber den älteren Herrn, der ihr entgegenkam, den konnte man schon mal anhalten. Er sah auf seine Uhr und meinte ganz erstaunt: »Na so was, es tut mir leid, die ist leider stehen geblieben.«

Sie musste schon ein bisschen schadenfroh schmunzeln. Es passierte also auch anderen Leuten.

Die nächste Uhr war auf jeden Fall an der nächsten S-Bahn-Station. Dort angekommen, konnte sie es aber nun wirklich nicht glauben: Auch die große Uhr stand still. Auch sie zeigte als Letztes sechzehn Uhr an.

War denn alles hier verrückt? Sie sah sich um und merkte, dass alle Menschen um sie herum etwas unruhig wurden. Auch sie schauten allesamt auf die große Uhr, auf ihre Armband- und Handy-Uhr. Alle Uhren standen still.

Zufall, dachte sie und machte sich auf zu ihrem Termin.

»Sie sind aber viel zu früh da«, meinte die Helferin. »Es ist ja erst sechzehn Uhr.«

Elke lachte. »Das war es schon vor einiger Zeit. Ist Ihre Uhr etwa auch stehen geblieben?« Da konnte doch etwas nicht stimmen.

Der Zahnarzt nahm sie trotzdem gleich dran, und so konnte sie nach kurzer Behandlung wieder die Praxis verlassen und den Heimweg antreten.

Zu Hause angekommen, prüfte sie sofort alle Uhren. Und wie sie schon geahnt hatte: Alle waren zur gleichen Zeit stehen geblieben.

Sie schaltete ihr Radio an, da würde man doch wenigstens mal eine genaue Zeitansage bekommen. Und schon nach einigen Minuten meldete sich der Sprecher.

»Hier sind die Nachrichten. Leider können wir Ihnen im Moment nicht die genaue Zeit mitteilen, der Zeitgeber im Bereich Bremen und Frankfurt ist ausgefallen. Sobald wir nähere Informationen haben, werden Sie umgehend benachrichtigt.«

Das waren ja prima Aussichten! Aber warum funktionierten denn auch die Armbanduhren nicht?

Kurz darauf kam Sarah ins Haus gestürmt.

»Mama«, rief sie, »alles ist da draußen durcheinander. Die Straßenbahnen und die Busse fahren alle orientierungslos, es ist das reinste Chaos. Wie soll ich denn morgen in die Schule kommen?«

»Mach dir mal keine Sorgen«, meinte Elke, »zuerst gehen wir mal ins Bett, wenn es dunkel wird. Morgen stehen wir auf und richten uns nach der Sonne. In die Schule fahre ich dich dann ausnahmsweise mal mit dem Auto.«

Das beruhigte Sarah dann doch etwas, und beide konnten im Radio und Fernsehen verfolgen, wie sich der Stillstand auswirkte und wie abhängig wir doch unbewusst von der Zeit sind.

Am nächsten Morgen hatte sich nichts verändert. Elke fuhr ihre Tochter Sarah auf gut Glück in die Schule. Einige Lehrer und Schüler waren schon da, manche kamen so nach und nach im Schulhaus an. Sarah meinte im Nachhinein, so friedlich und ohne Hektik habe sie die Schule noch nie erlebt.

In der Stadt fuhren die Busse ohne Zeitplan, Termine platzten, Geschäfte öffneten nach Gefühl, und in den Betrieben herrschte Gleitzeit.

Drei Tage währte dieser Zustand, bis ganz plötzlich wie aus heiterem Himmel die Kirchturmuhr schlug und alle Uhrwerke sich wie von Geisterhand wieder in Bewegung setzten.

Die Ursache wurde nie gefunden, aber alle

hatten in diesen Stunden gelernt, ohne aufgezwungene Zeitangaben auszukommen.

Es herrschte ein absoluter Stillstand – der Zeit!

Nackte Tatsachen

Überall stehen noch Umzugskartons herum. Es ist ungemütlich und noch kann Gerd sich nicht zurechtfinden in all dem Durcheinander. Hat sich wirklich in den sechs Jahren ihrer Ehe so viel Zeug angesammelt?

Gestern sind sie umgezogen, von der Zweizimmerwohnung in das Reihenhaus der Neubausiedlung.

Endlich mehr Platz für die Familie. Allerdings sehen hier alle Häuser gleich aus. Die Bauweise ist einheitlich, dafür solide, und alles in allem ist so ein Haus auch einigermaßen preisgünstig.

Das Aussehen wird sich im Laufe der Zeit bestimmt ändern, wenn die Vorgärten erst mal angelegt sind und jeder Bewohner das Grundstück nach seinem Geschmack hergerichtet hat.

Gerd, seine Frau Vera und die zwei Kinder haben es erst mal geschafft, und es wird sich zeigen, wie sie sich demnächst in der neuen Umgebung einleben.

Gleich am Nachmittag will Vera noch einmal mit den Kindern in die Stadt fahren, einige Erledigungen machen und über Nacht bei ihrer Freundin bleiben.

Also bleibt Gerd gleich am ersten Tag allein in dem Chaos. Vera hat ihm, bevor sie losfuhr, noch aufgetragen, auf jeden Fall die Betten aufzustellen und die wichtigsten Beleuchtungen zu installieren. Mit diesem Auftrag ist er für die nächsten Stunden wahrlich genug beschäftigt.

Bis in den frühen Abend hat er ununterbrochen gearbeitet. Jetzt reicht es! Hunger und Durst machen sich bemerkbar. War da ein paar Straßen weiter nicht eine Kneipe?

Ein paar Brote und ein Bier wären doch im Moment eine verdiente Belohnung. Gerd legt sein Werkzeug beiseite, schnappt seine Geldbörse, steckt den neuen Schlüssel ein und macht sich auf den Weg.

Willis Kneipe ist gar nicht mal allzu weit weg, und schon von Weitem hört er Stimmen und freut sich auf den ersten Schluck Bier und auf das Essen.

Es gibt Bratwürste mit Kraut, dazu das kühlende Getränk, das passt, und Gerd fühlt sich so richtig wohl. Kaum ist er fertig, gesellen sich noch Richard und Sven zu ihm. Beide sind auch erst vor Kurzem eingezogen, leben ebenfalls noch zwischen Kartons und unfertigen Einrichtungen.

Während so erzählt wird, merkt keiner, wie ein Bier ums andere durch die Kehle läuft. Auch die Schnäpse, die sie auf gute Nachbarschaft trinken, werden nicht mehr gezählt.

Gerd registriert dann aber doch, dass es genug ist, und etwas schwankend macht er sich auf den Heimweg. Die anderen zwei müssen noch das letzte Bier austrinken, wollen dann aber auch Schluss machen.

Gerd findet auch gleich die Blumenstraße, nur mit dem Zählen hat er im Augenblick Schwierigkeiten. War es jetzt das vierte oder das fünfte Haus?

Es waren fünf Bier, und sein ist Haus ist dann wohl das vierte. Oder waren es vier Bier und das Haus ist Nummer fünf?

Er steuert kurz entschlossen das vierte Haus an. Beim Aufschließen merkt er verwundert, dass die Tür nur angelehnt ist. Hat er wieder einmal vergessen abzuschließen? Auch egal! Drinnen erwarten ihn viele Kartons, also ist er richtig. Gleich die Treppe rauf, duschen und dann sofort ins Bett. Warmes Wasser ist ja vorhanden und vielleicht wird durch ausgiebiges Duschen ja sein Rausch auch etwas verdünnt.

Der Wasserstrahl ist nötig, aber auch wohltuend, und Gerd möchte überhaupt nicht aufhören, als ein durchdringender Schrei ihn fast ernüchtert: »Hier ist ein fremder nackter Mann im

Bad!«, hört er eine weibliche Stimme hysterisch rufen.

Nanu, ist Vera doch noch zurückgefahren? Aber ich bin doch wirklich kein fremder nackter Mann für sie!

Gleich darauf kommt noch jemand die Treppe heraufgerannt, und Gerd erkennt Richard, der jetzt mit einer ihm unbekannten Frau im Badezimmer steht.

»Was macht ihr denn in meinem Haus?«, meint Gerd und schaut die beiden verwundert an.

»Du irrst, wir wohnen schon fünf Tage hier und ich glaube, du hättest einfach nur ein Haus weitergehen müssen.«

Gerd sieht seine neuen Nachbarn sichtlich verlegen an – da steht er nun nackt und bloß in einem fremden Haus!

Richard ist der Erste, der in ein schallendes Gelächter ausbricht, und wirft Gerd erst mal ein Handtuch zu. Helen, seine Frau, hat sich auch schnell von ihrem Schreck erholt und verlässt grinsend das Bad, kehrt aber mit drei doppelten Schnäpsen zurück. Inzwischen ist Gerd wieder angezogen, schaut auf die vollen Gläser und murmelt: »Schon wieder Schnaps.« Doch Helen will ebenfalls nur auf eine gute Nachbarschaft anstoßen, da kann er doch nicht ablehnen. Wie er es anschließend schafft, in sein Bett zu kommen, kann er am nächsten Morgen beim besten Willen nicht mehr genau sagen.

Als Vera am Mittag eintrifft, sind alle die von ihr aufgetragenen Arbeiten erledigt, und als Gerd ihr dann noch die neuen Nachbarn vorstellt, meint sie bewundernd: »Du hast ja wirklich toll geschafft und auch noch Kontakt geschlossen.«

»Das kann man wohl sagen«, meint Gerd, »besonders bei Helen habe ich mich auf ganz besonders natürliche Weise vorgestellt.«

Einige Tage später sieht Gerd, wie Vera und Helen zusammenstehen, sich vor Lachen krümmen und immer wieder in seine Richtung sehen. Er ahnt natürlich, um was es geht, und bekommt einen roten Kopf. Geistesgegenwärtig greift er zum nächstbesten Karton und täuscht eine schwere Last vor, um seine Röte zu überspielen. Die Frauen können ja nicht ahnen, dass der Karton völlig leer ist.

Der Tausch

Endlich Feierabend und Wochenende. In dieser Woche war Hermann gefahren. Hermann arbeitete in der gleichen Firma wie ich und schon lange wechselten wir uns mit der Fahrerei ab. Wir wohnten im gleichen Ort, und so hatten unsere Frauen auch immer ein Auto zur Verfügung. Das klappte schon seit Jahren wunderbar.

An diesem Tag war ich froh, dass ich daneben sitzen konnte, es war ein anstrengender Tag gewesen und zu Hause wartete auch noch jede Menge Arbeit. Bäume mussten geschnitten werden, und die Gartenbänke brauchten einen neuen Anstrich. Hoffentlich machte das Wetter mit.

In Gedanken war ich schon ganz bei meinen Wochenendarbeiten, als ich am Straßenrand drei Männer erblickte, die wild winkten. »Hermann, halt mal kurz.«

»Du wirst doch um Himmels willen nicht anhalten, das ist bestimmt eine Falle.«

»Komm, ich steig aus, mal sehen, was los ist.

Vielleicht brauchen die wirklich Hilfe. Du kannst mich ja retten, wenn die was Böses im Schilde führen.«

Als ich auf die drei Männer zuging, sah ich sofort, dass sie Probleme mit ihrem Auto hatten. Aus der Motorhaube stieg verdächtiger Rauch auf.

Schnell bekam ich raus, dass die drei aus Rumänien waren. Einer sprach etwas Deutsch und stellte alle vor, Anja, Marvin und Niclas. Niclas erzählte, dass sie eine Woche beim Spargelstechen geholfen hatten, und gerade jetzt auf der Rückfahrt hatte sie das Auto im Stich gelassen. Dabei mussten sie doch alle am Montag wieder in Rumänien sein, der Urlaub, den sie genommen hatten, war dann abgelaufen. Die Verzweiflung sah man allen dreien an.

Was tun? Ich versprach den Männern, zur nächsten Werkstatt zu fahren und Hilfe zu holen.

Als ich Hermann davon berichtete, schüttelte er nur den Kopf und meinte: »Da hast du dich ja auf was eingelassen.« Aber so ganz abweisend reagierte er nicht mehr.

Die Werkstatt hatte noch geöffnet, und so fuhr ich mit dem Mechaniker noch mal zurück. Niclas hatte bestimmt nicht damit gerechnet, dass ich mein Versprechen halten würde, und er wirkte glücklich und erleichtert, als er uns erblickte.

Der Mechaniker schaute sich den Schaden an,

schüttelte den Kopf und meinte, dass er das Ersatzteil erst bestellen müsse, und vor Mittwoch könne man das Auto auf keinen Fall abholen.

Betretene Gesichter. Anja, Marvin und Niclas sprachen aufgeregt etwas in ihrer Sprache und dann holten sie ihr ganzes Geld hervor, das sie beim Spargelstechen verdient hatten.

»Wir geben alles, wenn ihr uns nur helft, wir müssen unbedingt nach Hause, sonst verlieren wir unsere Arbeit.«

Ihr ganzes Geld wollten sie hergeben, das sie mühselig in dieser Woche verdient hatten? Da musste es doch noch einen anderen Ausweg geben. Also handeln. Zuerst musste das Auto abgeschleppt und in die Werkstatt gebracht werden, und danach würde ich die drei erst mal mit zu mir nach Hause nehmen und wir würden das Weitere beraten.

Meine Frau bereitete für uns alle ein Essen zu, und für die kommende Nacht würden wir auch noch einen Platz zum Schlafen finden. Aber Niclas wurde immer unruhiger. Immer wieder sagte er: »Wir müssen nach Hause.«

Hier von Brandenburg nach Rumänien waren es gut eintausenddreihundert Kilometer – unmöglich, mit der Bahn diese Strecke bis zum entlegensten Winkel in Rumänien zu erreichen.

Da kam nur mein Auto in Frage. Dieser Gedanke war absurd, aber immer wieder kam ich darauf zurück. Zuerst musste ich das allerdings mit meiner Frau besprechen. »Bist du von Sinnen?«, meinte sie, »das Auto siehst du nie im Leben wieder.«

Doch dann sah sie die Männer, wie sie verzweifelt redeten, und willigte nach einigem Zögern, wenn auch etwas widerwillig, ein.

Noch am selben Abend tauschten wir unsere Papiere und Autos, und drei glückliche Rumänen begaben sich auf die lange Reise in ihre Heimat. Niclas, Marvin und Anja umarmten mich zum Abschied noch einmal herzlich, und Niclas' Worte: »Danke! Wir kommen ganz bestimmt wieder!« klangen noch lange in meinen Ohren.

Als Pfand wollte er mir noch seinen ganzen Verdienst dalassen, was ich entschieden zurückwies. Schließlich war ich ja nicht ganz ohne Fahrzeug. Ihr Auto blieb ja für mich zurück.

Als ich Hermann diese Geschichte erzählte, schüttelte er nur den Kopf. »Ich glaube, du bist ja total durchgedreht«, war sein bissiger Kommentar, und damit hatte er ja im Grunde durchaus recht.

Trotzdem hat er nicht einmal groß gemurrt, als ich ihn in der kommenden Woche mit dem alten Auto der Rumänen abgeholt habe.

Die Wochen vergingen, und so langsam hatte ich mich damit abgefunden, mein Auto nie mehr zurückzubekommen.

Wir machten schon Pläne, ein neues zu kaufen, aber vorerst mussten wir den Kauf noch zurückstellen, andere Anschaffungen waren wichtiger.

Jetzt war es schon Mitte Juni. Hermann hatte mal wieder Fahrdienst. Wir waren fast an meinem Haus, als er plötzlich bremste, das Auto mit einem Ruck zum Stehen brachte und ausrief: »Das gibt es doch nicht!«

Da standen sie: Niclas, Marvin und Anja. Lachend zeigten sie auf mein Auto: »Wie versprochen!« Sie hatten es sogar gründlich geputzt und vollgetankt. Ich war einfach nur sprachlos.

Alle drei hatten die Erdbeerzeit abgewartet, um sich wieder etwas dazuzuverdienen, und Niclas entschuldigte sich, dass es etwas länger gedauert habe. An diesem Abend gab es noch viel zu erzählen, und sogar Hermann blieb da, und immer wieder schüttelte er den Kopf und meinte: »Das hätte ich nie für möglich gehalten.«

Noch in der Nacht fuhren die drei in ihrem Auto wieder Richtung Heimat.

Immer wieder schauen sie mal bei uns vorbei, und im nächsten Jahr werden wir sie in Rumänien besuchen. Sogar Hermann und seine Frau wollen mitkommen.

Bunt gemixt

Manuel war verzweifelt. Er hatte doch eine gute, solide Schulausbildung hinter sich, aber hier in Spanien wurde es immer schwerer, eine passende Arbeit zu finden.

Seine Englisch- und Deutschkenntnisse waren sehr gut, warum sollte er das nicht nutzen? Also entschloss er sich nach Deutschland auszuwandern.

Er hatte seine ganzen Ersparnisse zusammengekratzt, um die erste Zeit zu überbrücken, trotzdem wurden seine Reserven immer weniger. Arbeit hatte er auch noch nicht gefunden und das winzige Zimmer hier in der Großstadt war recht teuer.

So hatte er es sich eigentlich nicht vorgestellt.

Wie jeden Morgen stand er sehr früh auf, um sich auf den Weg zum Arbeitsamt zu begeben. Er trank seinen Kaffee, zog sich an und putzte sorgfältig seine Schuhe. Dabei kam ihm eine Idee. Warum sollte er den heutigen Tag nicht damit verbringen, auch anderen Leuten die Schuhe zu putzen?

Die nötigen Pflegemittel hatte er ja ausreichend im Haus. Bürsten, Cremes und weiche Lappen mehr brauchte man ja nicht dazu. Er packte alles zusammen, machte sich auf den Weg in die Innenstadt und suchte sich einen günstigen Platz.

Aber die Menschen hatten es alle viel zu eilig, oder sie legten einfach keinen Wert auf glänzendes Schuhwerk.

Viel verdiente er jedenfalls an diesem Tag nicht. Außerdem taten ihm die Füße furchtbar weh. Er hatte schon immer zwei verschiedene. Ein Fuß war etwas größer und breiter, und entweder drückte der eine, oder der andere Fuß rutschte in dem zu großen Schuh hin und her.

Müde machte er sich auf den Heimweg. Die Hauptstraße entlang, dann die Berliner Straße überqueren, und dann noch durch das Bohnenviertel. Kurz vor seiner Bleibe entdeckte er einen Secondhandladen. Er warf kurz einen Blick auf die Auslagen und wollte schon weitergehen. Da erblickte er Schuhe in allen Größen und Farben. Vielleicht waren da ein paar passende für ihn dabei?

Er betrat den Laden, und da er schon immer ein Faible für besonders schöne Schuhe hatte, entdeckte er auch gleich ein Paar aus weichem, schmiegsamem hellen Rindleder. Auch die Größe passte, aber leider nur auf dem einen Fuß. Schade!

Er suchte weiter und auch hier wurde er fündig. Dieser passte hervorragend auf dem anderen Fuß. Allerdings hatte er eine ziemlich auffallende blaue Farbe. Ihm war es egal, er kaufte je einen hellen und einen blauen Schuh, schlüpfte hinein, und beide schmiegten sich seinen Füßen an, als ob sie extra für ihn angefertigt worden wären.

Am nächsten Tag versuchte er es wieder als Schuhputzer.

Seine neuen Schuhe hatte er vorher sorgfältig gewienert und er musste gestehen, sie sahen jetzt wie neu aus.

An der gleichen Stelle packte er wieder seine Putzutensilien aus und wartete auf Kundschaft.

Wieder eilige hastende Menschen, aber manche blieben plötzlich vor ihm stehen, lachten oder schüttelten den Kopf beim Anblick seiner Schuhe. Das nutzte Manuel aus und bürstete und wischte schnell über das Schuhwerk der Stehenden. Der Tagesverdienst war an diesem Tag wesentlich gestiegen, seine Füße waren schmerzfrei, und Manuel kam der Heimweg viel kürzer vor.

Die nächsten Wochen verliefen ähnlich. Er hatte immer mehr zu tun, schaute nur noch auf Schuhe und bemerkte kaum noch, wem sie gehörten.

Ein Paar putzte er nun schon zum dritten Mal.

Sie fielen ihm auf, weil sie aus ganz besonders edlem Leder waren. Als er aufblickte, sah er einen eleganten Mann, der ihn aufmerksam anblickte.

»Ich beobachte Sie schon seit drei Tagen«, meinte dieser, »und Sie haben mich auf eine interessante Idee gebracht. Besuchen Sie mich doch morgen mal in meinem Büro.«

Dann überreichte er Manuel seine Visitenkarte und ging weiter.

Manuel war verblüfft. *Schuhmode Weimann* stand auf der Karte. Was dieser Herr wohl von ihm wollte? Aber die Neugier war groß, und so machte er sich am folgenden Tag auf den Weg zu der angegebenen Adresse.

Das war ja ein Ding. Er hatte sich so einen kleinen Schuhladen vorgestellt und dann stand er plötzlich vor einem großen, eleganten Gebäude. Etwas schüchtern ging auf die Empfangshalle zu, holte die Karte hervor und zeigte sie der Dame an der Rezeption. »Sie werden schon von Herrn Weimann erwartet, erster Stock links«, meinte sie lächelnd.

Oben angekommen, klopfte er etwas zaghaft an die Tür und erkannte sofort den Herrn wieder, dem er Tage zuvor die Schuhe auf Hochglanz geputzt hatte.

»Junger Mann«, meinte Herr Weimann, »Sie haben mich in den letzten Tagen auf eine außerordentliche Idee gebracht. Wie sind Sie eigentlich darauf gekommen, Schuhe in verschiedenen Farben zu tragen?«

Manuel muss schon ein bisschen erstaunt geschaut haben, aber dann erzählte er dem Herrn Weimann ausführlich seine Geschichte. Dieser hörte aufmerksam zu und meinte: »Warum sollte man es nicht einmal versuchen und jeweils immer nur einen Schuh anbieten? Die Leute können sich dann je nach Laune mal einen roten, einen grünen oder einen braunen Schuh kaufen und je nach Lust und Laune zwei verschiedene anziehen. Unsere Schuhe bewegen sich ja immer schon in einer sehr teuren Preisklasse, und dann wären sie ja zum halben Preis erschwinglich. Auch die Füße sind ja gelegentlich verschieden, so wie bei Ihnen. Ich könnte mir vorstellen, eine gänzlich neue Kollektion auszuarbeiten und Sie als Mitarbeiter einzustellen. Immerhin bin ich ja erst durch Sie auf diese Idee gekommen.«

Und so fing alles an. Die Werbung lief an, und die Nachfrage war nach einer natürlichen Anlaufzeit groß. Hauptsächlich die Jungen waren begeistert von der neuen Mode. Alle Farbnuancen wurden ausprobiert und getragen. Nur bei den Damenschuhen gab es ein Problem: die Absatzhöhe!

Aber auch da fand sich eine Lösung. Die Schuhe wurden nicht nur nach Größen verkauft, sondern es hieß jetzt: »Größe achtunddreißig, Absatz fünf Zentimeter, links oder rechts?«

Manuel arbeitete nun schon seit einiger Zeit in der Firma und war für den Herrn Weimann unersetzlich geworden. Da wurde er zu einem Interview im Fernsehen eingeladen. Zu diesem Termin hatte er sich natürlich sehr salopp angezogen und ein paar extra bunte Schuhe ausgesucht. Das musste ja sein. Der Moderator erschien dagegen sehr korrekt in einem hellen Anzug und Krawatte. Doch als Manuel einen Blick auf dessen Schuhe richtete, konnte er sich ein Lächeln nicht verkneifen. Er trug tatsächlich einen braunen und einen schwarzen Schuh!

»Na, irgendwie finde ich es schon praktisch«, meinte der Moderator etwas verlegen und der Kameramann machte tatsächlich einen Schwenk in Großaufnahme auf dessen Schuhe.

Erinnerung

Es war kein besonders warmer Sommer in diesem Jahr. Viel Regen, Wind und trübes Wetter. Aber jetzt im Herbst wurden alle Menschen so richtig verwöhnt. Auch wenn die Abende schon recht kühl wurden, tagsüber schnellten die Temperaturen in die Höhe und die Menschen genossen die letzten Sonnentage in vollen Zügen.

Endlich hatte ich Feierabend. Acht Stunden in dem stickigen Büro, dazu kam noch der Ärger mit dem Kollegen, der eigentlich so unnötig war. Morgen in der Früh wollte ich die Sache gleich mit ihm bereinigen, so ein bisschen hatte ich vielleicht doch auch Schuld an dem kleinen Streit. Zu dumm, diese Geschichte!

Ich entschloss mich erst mal abzuschalten und steuerte kurz entschlossen auf das nahe liegende Café zu.

Draußen war noch ein Platz frei und ich bestellte mir ein großes Stück Torte und eine Tasse Kaffee. Das hatte ich heute redlich verdient.

Dazu noch die wärmenden Sonnenstrahlen, einfach himmlisch.

Gegenüber vom Café war der Stadtpark und man konnte so schön die Leute beobachten. Fast alle Bänke entlang der Anlage waren besetzt. Spaziergänger mit und ohne Hund, Radler und Kinder, alles war bunt gemixt unterwegs.

Ich genoss das Treiben um mich herum, bis er mir auffiel, der Mann, der langsam mit etwas schlurfenden Schritten den Weg entlang ging. Es war offensichtlich, dass er einen Platz auf einer Bank suchte. Sein langer Mantel hüllte die große, dürre Gestalt trotz der Wärme wie eine schützende Hülle ein. Wo hatte ich das schon irgendwann gesehen?

Er hatte Glück und fand einen freien Bankplatz und ich konnte ihn jetzt genau betrachten. Dieses Gesicht, diese Gestalt alles kam mir irgendwie vertraut vor.

Und wie ein Blitz tauchte die Erinnerung an meinen früheren Deutsch- und Geschichtslehrer Steiner auf. Konnte er es wirklich sein?

Je länger ich diesen Mann beobachtete, desto sicherer wurde ich. Obwohl, das war doch alles schon so lange her.

Damals: Wir waren eine reine Mädchenklasse im Alter von durchschnittlich siebzehn Jahren, und ich glaube, die Lehrkräfte hatten es mit unserer Klasse nicht gerade leicht.

Nicht dass wir nicht begierig waren, unseren Stoff gründlich zu lernen, aber andererseits hatten wir auch viele andere Ideen und Flausen im Kopf.

Als eines Tages unser Deutsch- und Geschichtslehrer aus gesundheitlichen Gründen ausfiel, waren wir überhaupt nicht traurig, denn auf diese langweiligen Stunden konnten wir gerne verzichten. Doch Ersatz dafür würde auf jeden Fall kommen.

Und er kam! Herr Steiner in Gestalt eines jungen, attraktiven Mannes. Groß, mit dunklem, gewelltem Haar und strahlenden grauen Augen. Stets trug er einen langen, dunklen leichten Mantel, der ihm eine gewisse Würde verlieh.

Uns blieb der Atem weg. Schon in der ersten Stunde zeigten wir reges Interesse an dem sonst so langweiligen Geschichtsunterricht, denn Herr Steiner hatte dazu noch die Gabe, den Unterricht locker und interessant zu gestalten.

Und so kam es, dass Deutsch und Geschichte zu unseren Lieblingsfächern zählten.

In unserer Klasse aber war es Marie, die sich besonders hervortat, und wir alle hatten schnell bemerkt, dass Marie sich hoffnungslos in unseren neuen Lehrer verliebt hatte. Marie war ein besonders hübsches Mädchen und sie wusste ihre Vorzüge offensichtlich einzusetzen. Manchmal war es schon peinlich, wie sie ihn anhimmelte.

Erst später erfuhren wir, dass sie immer kesser wurde. Sie schickte Herrn Steiner Briefe, versuchte ihn telefonisch zu erreichen und schlich ständig auch nach der Schule um ihn herum. Lügen, die sie verbreitete, nahmen überhand und die Gerüchteküche brodelte kräftig. Bald schon konnte man hören, Herr Steiner habe sich in Marie verliebt und ein Verhältnis mit ihr.

Wenn man sie darauf ansprach, lächelte sie nur, widersprach aber nie.

Der sonst so lebhafte Unterricht bei Herrn Steiner wurde immer sachlicher, und es war auffallend, wie er sich immer mehr zurückzog. Am letzten Tag des Schuljahres rief er uns alle zusammen. Er stand da in seinem langen Mantel und schaute in unsere Runde. Lange ruhte sein Blick auf Marie.

»Viel wurde in letzter Zeit über mich gesprochen«, meinte er, »aber eines möchte ich euch allen mitteilen: Nichts entspricht der Wahrheit. Dennoch habe ich mich entschlossen, diese Stadt zu verlassen, und zwar für immer.«

Marie saß wie versteinert da, packte ihre Sachen und verließ fluchtartig das Klassenzimmer.

In der Klasse war es plötzlich still, ganz still. Wir alle fühlten uns irgendwie mitschuldig. Eine Schülerin nach der anderen ging auf Herrn Steiner zu, gab ihm schweigend die Hand und ging hinaus.

Marie hat nie wieder darüber gesprochen. Nach der Schulzeit habe ich sie auch nie wieder gesehen.

Wie viele Jahre waren seitdem vergangen, und doch hatte die Vergangenheit mich heute so spontan eingeholt. Ich schaute noch mal hinüber in den Park, er saß immer noch am selben Platz.

Gerade wollte ich auf ihn zugehen und ihn begrüßen, als mir die Entscheidung abgenommen wurde, denn er stand auf, knöpfte seinen langen Mantel zu und ging gebeugt und schlurfend davon. Kurz noch sah ich sein Gesicht, bis die Gestalt völlig hinter den Bäumen und Sträuchern verschwand.

Das Gespenst

Heute hatte Paul mal wieder einen schönen Tag in seinem Garten verbracht. Diesen wunderschönen Sommertag musste er einfach ausnutzen.

Sein Garten lag gegenüber seinem Haus. Er war nicht besonders groß, aber so viel wollte er dort auch nicht mehr anpflanzen. Etwas Gemüse, Tomaten und ein paar Kräuter, das reichte für seinen täglichen Bedarf. Ein Apfel- und ein Zwetschgenbaum, die mussten auch jedes Jahr abgeerntet werden, das war Arbeit genug. Am meisten Freude aber hatte er an den vielen Blumen und vor allem an seinem Gartenhäuschen. Das hatte er sich im Laufe der Zeit so richtig gemütlich eingerichtet. Hier konnte er stundenlang verweilen. Manchmal kamen die Zwillinge Felix und Ferdi vorbei und besuchten ihn, aber die zwei hatten mit ihren sechzehn Jahren im Moment andere Interessen, als bei ihrem Opa im Garten zu sitzen. Doch eines musste man ihnen lassen, wenn es mal besonders viel Arbeit gab, dann waren die zwei Buben immer zur Stelle. Heute hatten sie eigentlich vorbeikommen wollen, aber im Ort war Dorffest und das war natürlich Treffpunkt für die Jugend, da konnte man nicht fehlen.

Umso beständiger war ein Kater, der ihn regelmäßig aufsuchte. Niemand wusste, wem das Tier gehörte, und so nannte Paul ihn einfach *Streuner*. Er war normalerweise sehr scheu, aber wenn er bei Paul im Garten war, ließ er sich streicheln, und im Gartenhaus fühlte er sich sichtlich wohl. Nur wenn Paul am Abend wieder über die Straße ins Haus zurückging, musste auch der Kater seinen Lieblingsplatz räumen, was ihm so gar nicht gefiel. Dafür bekam er aber regelmäßig ein paar Leckereien zugesteckt, die Streuner gierig verschlang.

Der Abend nahte, Paul packte seine Sachen zusammen und ging über die Straße zurück in sein Haus. Er war müde. Von der frischen Luft und der Hitze hatte er an diesem Tag genug und er freute sich auf seinen wohlverdienten Schlaf. Er trank noch ein Glas Rotwein, zog sich sein langes Nachthemd an und freute sich auf sein Bett.

Kurz vor dem Einschlafen schreckte er noch einmal auf. Hatte er den Kater versehentlich im Gartenhaus eingeschlossen? Nein, der war ganz bestimmt draußen! Oder? Paul wurde ganz unruhig und konnte keine Ruhe finden, an Schlaf war nicht zu denken

Draußen war es schon dunkel. Er nahm seine Taschenlampe und machte sich auf den Weg in den Garten. Draußen war es noch immer warm und um diese Zeit war sowieso niemand unterwegs; also überquerte er im Nachthemd die Straße.

In diesem Augenblick kamen die Zwillinge gerade vom Dorffest am Haus des Großvaters vorbei. Etwas angesäuselt vom Bier, das sie sich zum ersten Mal genehmigt hatten, da sahen sie in der Dunkelheit eine weiße Gestalt über die Straße schweben. Ein Geist, nein, ein Gespenst! Wie angewurzelt blieben sie stehen. An so etwas glaubte man doch in ihrem Alter nicht mehr, das konnte nur am Bier liegen.

Aber beide hatten es gesehen!

In der Zwischenzeit hatte Paul sein Gartenhäuschen erreicht und mit der Taschenlampe nach dem Kater gesucht. Der lag friedlich und zufrieden auf einem Kissen, und er hatte Mühe, den Streuner ins Freie zu befördern. Erleichtert machte er sich auf den Rückweg und lief, so schnell er konnte, zurück.

Felix und Ferdi waren auch schon ein Stück weitergegangen, als sich Felix vorsichtshalber noch einmal umdrehte. Er stieß einen Schrei aus, denn gerade noch sah er, wie die weiße Gestalt in die entgegengesetzte Richtung zurückschwebte.

Das war zu viel. Beide rannten, was die bierschweren Beine hergaben, davon.

Am nächsten Morgen kam beiden die nächtliche Begebenheit doch etwas lächerlich vor. Sie nahmen sich vor, diese Nacht am selben Ort noch mal nach dem weißen Gespenst zu sehen. Um sicher zu sein, wollten sie ein Foto machen.

In der Nacht schlichen sie wieder zur selben Stelle und warteten. Und fast zur gleichen Zeit huschte dieses weiße Gespenst wieder über die Straße. In der Dunkelheit sah die Gestalt schon furchterregend aus.

Ferdi machte zum Beweis blitzschnell ein paar Fotos.

Paul hatte eigentlich von der gestrigen Nacht genug. Musste er auch in dieser Nacht wieder raus? Der Kater brachte ihn ganz durcheinander. Oder wurde er alt und vergesslich?

Er hatte doch am Abend noch mal nachgesehen, ob Streuner auch bestimmt draußen war. Aber ganz sicher war er dann doch nicht. Also wieder rüber in den Garten.

Dieses Mal war der Kater wirklich nicht anwesend, und Paul schwor sich, das würde ihm nicht noch einmal passieren.

Am nächsten Tag hatte er Besuch von den Zwillingen. Sie erzählten ihm vom Dorffest und sagten so nebenbei, dass sie im Rausch am Heimweg vor seinem Haus ein Gespenst gesehen hatten. Aber natürlich war nur der Rausch daran schuld. Lächerlich, wer noch an Gespenster glaubte!

Ferdi holte sein Foto hervor und zeigte es seinem Großvater.

»Schau mal, so sah es aus.«

Als Paul das sah, konnte er sich ein Lachen gerade noch verkneifen.

»Wartet mal einen Augenblick«, meinte er und verschwand im Schlafzimmer. Vorher hatte er die Rollläden heruntergelassen, sodass es vollkommen dunkel war. Er zog sein weißes Nachthemd an und rief die Zwillinge zu sich.

»Opa, du?«, war alles, was sie herausbrachten. Dann lachten sie schallend, und Paul berichtete, was sich in den zwei Nächten zugetragen hatte. Als Felix und Ferdi sich auf den Heimweg machten, hörte er noch lange ihr herzhaftes Lachen.

Bald ist es so weit

Wir wohnten mitten in der Stadt. Eng war es in unserer Dreizimmerwohnung. Die Eltern hatten uns Geschwistern zwar das größte Zimmer zugewiesen, aber dennoch konnte man es nicht gerade komfortabel nennen. Ich war damals mit sechzehn der Älteste, es folgten Klaus und Jochen mit vierzehn und acht Jahren. Im Sommer war es in unserer Behausung stickig und warm und jetzt im Winter kalt und ungemütlich. Ich träumte oft davon, einen Platz ganz für mich allein zu haben, auch wenn er noch so winzig wäre. Aber da musste ich wohl noch eine Weile warten.

Hauptsächlich im Wohnzimmer spielte sich unser Leben ab. Der Tisch war einigermaßen groß, aber er musste auch zum Essen, zum Schulaufgabenmachen, zum Spielen und zu vielen anfallenden Arbeiten herhalten.

Unsere Mutter konnte alles ganz gut organisieren, nur kurz vor der Adventszeit, da bestand sie mit einiger Beharrlichkeit darauf, einen großen Adventskranz zu binden. Der musste aus irgendeinem Grund immer her, auch wenn der Platz dafür nie vorhanden war.

Uns Kindern fiel dabei jedes Jahr die Aufgabe zu, Tannengrün aus dem Stadtwald zu besorgen, was immer mit viel Murren erledigt wurde. Danach wurde der Kranz von unserer Mutter gebunden, mit vier Kerzenhaltern und Kerzen bestückt und mit vier roten Bändern umwickelt. Wenn das Prachtstück dann fertig dalag, war allerdings auch unser Tisch belegt.

Unseren Vater störte der Kranz besonders, der jetzt vier Wochen lang unseren Tisch in Beschlag nahm, und da er schon immer ein praktischer Mann war, befestigte er eines Tages über dem Tisch einen Flaschenzug, dessen Schnur über zwei Umlenkrollen zu einem Haken an der Wand lief. Der Adventskranz wurde jetzt kurz entschlossen eingehängt und hochgezogen, und nur am Sonntag wurde das gute Stück feierlich heruntergelassen. Das war wirklich eine geniale Idee, und selbst unsere Mutter war damit einverstanden. Das Nadeln aus großer Höhe nahm sie gelassen in Kauf, und jedes Mal, wenn wir am Sonntag zusammensaßen und feierlich die Kerzen brannten, verkündigte sie immer ganz andächtig: »Bald ist es so weit«, womit sie natürlich das Weihnachtsfest meinte.

Auch in diesem Jahr wiederholte sich alles wie eh und je. Wir waren wieder beauftragt, Tannengrün zu sammeln, und hatten es dieses Mal besonders leicht. Eine Fichte war abgeholzt und lag für uns griffbereit direkt neben dem Hauptweg. Vielleicht lag sie ja schon etwas länger dort, aber uns war das egal. Ruck, zuck hatten wir unser Material zusammen.

Der Kranz wurde nach altem Muster gebunden, die Bänder zusammengeknotet und an dem Seil befestigt. Am ersten Adventssonntag wurde er abgeseilt, die erste Kerze feierlich angezündet und unsere Mutter sagte wie immer feierlich ihren Spruch: »Bald ist es so weit.«

Am zweiten Sonntag war unser Kranz schon etwas lichter. Das Grünzeug war wohl doch nicht mehr so ganz frisch gewesen, aber Mutter meinte zuversichtlich, der Kranz werde es schon noch aushalten.

Am dritten Sonntag hing er schon recht traurig über dem Tisch. Ich hoffte inbrünstig, dass er den heutigen Abend so einigermaßen überstehen würde.

Doch noch war es nicht so weit. Im Moment tischt unsere Mutter erst mal das Mittagessen auf. Heute gab es einen Braten und es duftete schon ganz verführerisch in der Wohnung. Vorweg aber noch Vaters Nudelsuppe, mit extra langen Fadennudeln.

Mutter hatte gerade die Suppenteller gefüllt, als von oben wie ein Torpedo unser Adventskranz auf den Tisch knallte. Es spritzte nach allen Seiten und statt Suppe hatten wir Nadeln, Kerzen und einen dürren Kranz auf dem Tisch.

Vater sprang auf und wollte das Schmuckstück wieder hochziehen, als Mutter aufgeregt schrie: »Bitte nicht!«

Sie hatte ja recht, denn mehr Nudeln als Nadeln hingen nun an den dürren Ästen.

Der Haken an der Wand hatte sich gelöst und damit das Unglück ins Rollen gebracht.

Mutter sammelte die Kerzen ein und drapierte sie sorgfältig auf einem Teller, bevor wir alle gemeinsam das Chaos beseitigten. Erst am späten Nachmittag konnten wir endlich ohne Tannennadeln den Braten genießen.

Und dann, ja, dann war es endlich so weit: Das Weihnachtsfest war da. Vater hatte für unsere Mutter ein besonders schönes Geschenk. Aus Weiden hatte er mühsam einen kleinen Kranz geflochten und die alten Kerzenhalter darauf montiert. Im nächsten Jahr sollte das Gesteck, vielleicht noch mit ein paar Tannenzweigen verziert, den großen Adventskranz ersetzen und sogar Mutter fand die Idee gut.

Ein Jahr verging. Wieder war es Advent, und als am ersten Sonntag feierlich die erste Kerze an dem neuen Kranz brannte und Mutter auch dieses Mal wie immer »Bald ist es so weit« hauchte, konnte Vater mit einem Blick nach oben an die Zimmerdecke sich nicht zurückhalten und meinte schmunzelnd: »Nee, dieses Mal ganz bestimmt nicht.«

Amanda

Genau vor einunddreißig Jahren hatten wir in unserer kleinen Stadt die Praxis übernommen. Ich hatte es als praktischer Arzt am Anfang nicht leicht, war ich doch für die Menschen hier ein Fremder. Doch mit Hilfe meiner Frau, die mit ihrer freundlichen und herzlichen Art die Leute schnell gewinnen konnte, hatten wir es in relativ kurzer Zeit geschafft. Die Praxis wurde angenommen und bis zum letzten Tag haben wir immer viel zu tun und ich glaube, die Patienten waren durchaus zufrieden.

Ich erinnere mich noch sehr deutlich daran, wie gleich in den ersten Monaten Amanda zu uns kam.

Amanda war damals schon siebenundvierzig Jahre alt, klein, schmächtig, das Haar zu einem Knoten zurückgebunden. Ihre etwas wässrigen Augen blickten oft unsicher und in ihren Händen hielt sie stets verkrampft eine große, braune Ledertasche. Lange, dunkle Röcke, egal ob im Sommer oder im Winter, umhüllten ihre dünne Gestalt.

Ich nahm sie gar nicht so richtig wahr, als sie mit einem eiternden Daumen in meinem Sprechzimmer erschien, versuchte ihr so gut es ging zu helfen und bat sie, am nächsten Mittwoch wiederzukommen.

Und sie kam auch pünktlich. Alles war gut verheilt und für mich war der Fall damit erledigt.

Doch Amanda erschien auch am kommenden Mittwoch wieder. Etwas schüchtern sprach sie dieses Mal von Schmerzen im Bauch. Ich untersuchte sie, fragte dies und das und gab ihr ein paar Tabletten mit.

Auch in den nächsten Wochen erschien sie wieder. Immer an einem Mittwoch. Mal war es der Kopf, mal der Rücken, mal waren es Halsschmerzen. So langsam kam es uns allen doch ein wenig seltsam vor. Und Amanda war auch immer zufrieden, wenn ich ihr zum Beispiel bei Kopfschmerzen den Rat gab, doch einfach nur viel frische Luft zu tanken. Ihr Kommentar war eine Woche später: »Das hat mir wirklich geholfen.«

So langsam hatten wir uns allmählich daran gewöhnt, dass sie jeden Mittwoch in den Morgenstunden im Wartezimmer saß.

Bis meine Frau eine Entdeckung machte. Sie beobachtete eines Morgens, wie Amanda hereinkam, sich hinsetzte und sich sofort auf die Zeitschriften stürzte. Es war üblich, dass immer am Mittwoch bei uns die Lesezirkel ausgetauscht wurden. Auch wenn viele Leute anwesend waren, Amanda hatte es nie eilig und ließ alle anderen Patienten vor. Ganz zum Schluss erst kam sie ins Sprechzimmer, und ihr fiel dann auch immer etwas ein, was sie eventuell an kleinen Wehwehchen haben könnte.

Jetzt hatten wir sie durchschaut, hatten uns aber auch so daran gewöhnt, dass wir den Mittwoch schon *Amanda-Tag* nannten.

So vergingen die Jahre. Es war im Herbst. Wir hatten einen anstrengenden Wochenbeginn, denn die erste Grippewelle hatte sich angekündigt, und erst am Spätnachmittag bemerkten wir, dass Amanda nicht erschienen war. Doch wir waren alle viel zu sehr beschäftigt, um darüber nachzudenken. Als sie aber auch in der kommenden Woche nicht kam, wurden wir unruhig.

War sie verreist, oder eventuell sogar wirklich krank?

Also schnappte ich mein Köfferchen und machte mich auf den Weg zu ihrer Wohnung. Es war eine Gegend, die ich noch gar nicht so oft aufgesucht hatte. Verwinkelt und ziemlich verkommene, zerfallene Häuser. Die Berliner Straße Nummer sechs hatte ich erreicht und ging durch den dunklen Flur und dann die Treppe hoch in den dritten Stock. Ein kleines Schild mit dem

Namen *Amanda Mutig* zeigte, dass ich hier richtig war. Ich klopfte, und auf ein leises »Herein« betrat ich die Wohnung.

Amanda lag im Bett. Obwohl es in der Wohnung kalt war, glühte sie. Jetzt war sie tatsächlich ernstlich krank und brauchte zum ersten Mal wirklich meine Hilfe. Ich fragte sie, warum sie sich nicht gemeldet habe. Ein Telefon war nicht vorhanden und somit war sie ziemlich allein und hilflos. Meine Frau besorgte Lebensmittel und eine Pflegerin, die einmal am Tag nach ihr schaute.

Ich machte täglich Besuche bei ihr, bis sie wieder so einigermaßen auf dem Damm war. Natürlich brachte ich ihr jedes Mal auch eine ihrer Lieblingszeitschriften mit. Im Nachhinein weiß ich immer noch nicht so recht, was mehr zu ihrer Genesung beigetragen hat, die Arzneien oder die Zeitschriften.

Es ging ihr immer besser, und als sie an einem Mittwoch wieder im Wartezimmer saß, war die Welt wieder in Ordnung, Amanda war wieder da.

Letzten Monat habe ich meine Praxis altershalber übergeben. Lange genug habe ich mich um andere Menschen gesorgt und gekümmert. Jetzt möchte ich die nächsten Jahre mit meiner Frau nur noch für uns da sein.

Amanda ist im letzten Jahr gestorben. Sie war

weit über siebzig. Auf ihrer Beerdigung waren nicht viele Leute, aber alle Mitarbeiter unserer Praxis standen an ihrem Grab.

Ich habe ihr außer einem Blumenstrauß noch die letzte Ausgabe vom Lesezirkel ins Grab gelegt.

Übrigens, die Beerdigung fand an einem Mittwoch statt.

Leinen los

Meine Eltern waren reich. Sie besaßen eine große Firma und ich als einziger Sohn war ihre Hoffnung, dass ich das aufgebaute Imperium eines Tages weiterführen könnte.

Allerdings war mein Gesundheitszustand gleich von Anfang an nicht der allerbeste. Der etwas krumme Rücken und ein hängendes Augenlid konnten im Laufe der Zeit vielleicht noch behoben werden, aber schon im Babyalter mussten meine Eltern feststellen, dass ich außergewöhnlich stark schwitzte. Ständig war ich vom Schweiß durchnässt und es umgab mich stets ein durchdringender Geruch, unter dem ich als Schulkind und auch später sehr litt.

Es wurde nicht besser. Die Ärzte waren ratlos. Ganz besonders schlimm war es im Sommer. Andere Menschen schwitzten zwar auch, aber mir kam es vor, als ob all meine Poren sich öffneten und Wildbäche an mir herunterliefen.

Meine Eltern fuhren dann in den Ferien immer wieder mit mir an die See. Dort fühlte ich mich auch ein bisschen wohler. Die Luft und der kühle Wind bliesen mich trocken und vertrieben den strengen Geruch. Mein Augenlid wurde operiert, und meinen Rücken brachte man mit viel Gymnastik so einigermaßen in Ordnung. Eine Schönheit wurde aber nie aus mir.

Als meine Eltern bei einem Verkehrsunfall starben, war ich gerade mal sechsundzwanzig Jahre alt. Plötzlich war ich verantwortlich für die Firma und trotz der jungen Jahre lernte ich schnell, die Führung zu übernehmen. Ich wurde akzeptiert. Schnelle und richtige Entscheidungen halfen, mir Respekt und Hochachtung zu verschaffen.

Persönlich aber gingen die Menschen auf Distanz.

Im Haus meiner Eltern baute ich mir ein riesengroßes Bad ein. Manchmal duschte ich drei- bis viermal am Tag, benutzte die besten Düfte, aber es half alles immer nur für kurze Zeit.

So lebte ich mit der Zeit immer zurückgezogener, verbrachte die Abende allein im Haus und unternahm nur in den späten Abendstunden Spaziergänge in die Stadt.

Es war kurz vor Weihnachten. Ich wusste, dass ich das Fest wie immer allein zu Hause feiern würde, und erfüllte mir kurz entschlossen einen lang ersehnten Wunsch. Geld hatte ich genug, und so kaufte ich mir eine Yacht. Ein Prachtstück!

Mit diesem Schiff verbrachte ich die Feiertage allein auf See; lange hatte ich mich nicht mehr so glücklich gefühlt.

Zu Hause angekommen, machte ich noch am Abend einen Bummel durch die Stadt und blieb zufällig vor einem Schaufenster stehen. Da sah ich sie. In der hinteren Ecke stand eine Schaufensterpuppe. Nicht so eine wie die, die heutzutage alle gleich aussehen, nein, diese war so ganz anders. Sie lächelte und ich glaubte einen Augenblick sogar ein Zwinkern zu sehen. Fasziniert schaute ich auf diese Erscheinung. Beim Weitergehen schwebte dieses leblose Wesen mir immer noch vor Augen. In den nächsten Tagen zog es mich wieder und wieder an diesen Ort. Ich beschloss, die Schaufensterpuppe zu kaufen.

Der Geschäftsführer schaute schon ein bisschen merkwürdig, als ich meinen Wunsch äußerte. Doch als ich ihm einen beträchtlichen Betrag bot, konnte er nicht widerstehen. Die Puppe wurde einige Tage später geliefert, und jetzt stand sie in meinem Haus. Schön, lächelnd und unnahbar. Es musste sich allerdings schon um ein älteres Modell handeln, denn die Gelenke waren nicht beweglich, nur den Kopf konnte man in verschiedene Richtungen drehen.

Mir war das egal, sie gefiel mir und ich nannte sie *Rosanna*.

Rosanna war es gleich, wie ich aussah, schwitzte oder roch. Rosanna lächelte mich an, schwieg und stand unbeweglich im Zimmer.

Ich war wirklich zum ersten Mal verliebt. So kam es, dass ich für sie wertvollen Schmuck kaufte und sie mit Ketten, Ringen und Armbändern behängte. Ich schenkte ihr einen Pelz und erlesene Düfte. Sie wurde verwöhnt wie eine richtige Frau.

So waren es drei Dinge, an denen ich richtige Freude hatte: meine Firma, meine Yacht und Rosanna.

Die Jahre vergingen. Ich wurde älter, aber Rosanna blieb jung und schön wie immer, und ihr Lächeln war unverändert.

Wieder einmal hatte ich mir vorgenommen, einige Tage auf See zu verbringen. Es war Oktober, nicht mehr so heiß, aber dennoch versprach der Wetterbericht viel Sonne und leichten Wind. Ich genoss wie immer die Fahrt, vergaß meine Sorgen und fühlte mich leicht und unbeschwert. Drei Tage war ich unterwegs und war in bester Laune, als ich abends wieder an Land war.

Gerade wollte ich mein Haus betreten, da sah ich zwei junge Männer, die aus meinem Garten liefen.

Was wollten diese Gesellen auf meinem Grundstück? Ich ahnte Böses.

Als ich das Haus betrat, bestätigte sich meine Vorahnung. Stühle waren umgeworfen, der Inhalt der Schubladen in den Räumen verteilt, Bilder aufgeschlitzt, alles durchwühlt.

Und dann sah ich Rosanna da liegen. Man hatte ihr den Schmuck abgerissen, ein großes Loch klaffte an ihrem Kopf und der rechte Arm war aus dem Gelenk gerissen. Ihr sonst so liebliches Lächeln kam mir schief und verkrampft vor.

Erschüttert und erstarrt schaute ich auf die Verwüstung rings um mich herum und auf Rosanna.

Wie immer, wenn ich aufgeregt war, schwitzte ich besonders stark. Wie aus Schleusen rann mir der Schweiß über den Körper. Ich fühlte mich hilflos und unglücklich.

Ich packte Rosanna, legte sie ins Auto und fuhr zum Hafen.

Das Auto ließ ich stehen, ich brauchte es nicht mehr.

Ich zog Rosanna in die Kajüte, machte die Leinen los und lenkte das Schiff auf das offene Meer.

Das Meer ist weit, sehr, sehr weit …

Der Traum vom Fliegen

Immer diese Angst. Vor jedem Flug habe ich schon Tage vorher dieses widerliche Kribbeln im Bauch, dazu Kopfschmerzen, und es ist, als würde mir der Hals von unsichtbaren Kräften zusammengeschnürt.

Dabei ist es in meinem Beruf selbstverständlich, dass ich mindestens einmal im Monat ins Flugzeug steige. Meine Vorträge sind interessant und wichtig und werden aus vielen Ländern angefordert.

Viele Menschen kennen meine Ängste und versuchen immer wieder, mich auf die Sicherheit und den heutigen Stand der Flugzeugtechnik hinzuweisen. Aber es nützt wenig – sobald ich mich dem Flugplatz nur nähere, rast mein Herz und ich muss mich zwingen, in dieses Ungetüm zu steigen.

Morgen ist ein Flug von Frankfurt nach Oslo gebucht. Das ist zwar nur eine kurze Strecke, aber für mich Grund genug, wieder eine unruhige Nacht zu verbringen. Zum Glück ist die Abflugzeit erst um die Mittagsstunden, und so kann ich wenigstens am Morgen in Ruhe alle Reisevorbereitungen durchgehen.

Vor dem Schlafengehen kontrolliere ich noch einmal meine Manuskripte, packe die kleine Reisetasche, überprüfe alle Tickets, lege meine Tabletten zurecht, trinke noch eine Tasse heiße Milch mit Honig, ziehe die Bettdecke über den Kopf und schlafe seltsamerweise sofort ein.

Was dann geschieht, wird mir noch ewig in Erinnerung bleiben. Normalerweise kann man sich Träume selten merken und wenn, dann nur bruchstückhaft. Aber dieser Traum ist so real, dass er mich noch lange beschäftigt:

Ich saß im Flugzeug. Während der Flieger abhob, schnürte sich wie immer alles in mir zusammen. Ich bekam kaum Luft, und auch die beruhigenden Worte des Personals halfen nicht viel.

Die Maschine stieg höher und höher, und als sie eine unvorstellbare Höhe erreicht hatte, brach das Flugzeug ohne ein Geräusch auseinander. Die Menschen in der Maschine schwebten lautlos und glücklich durcheinander. Ich selbst versuchte nicht einmal, meine Tasche zu greifen, sondern glitt langsam aus dem Rumpf und sah unter mir einen riesigen, einladenden Wolkenteppich.

Diesem Wattebausch kam ich unaufhaltsam näher und wurde eingebettet in eine wundersame weiche Hülle. Nie zuvor hatte ich mich so wohl gefühlt. Um mich herum war es warm und unglaublich still. Eigentlich wollte ich ewig so verharren, als sich plötzlich die Wolkendecke teilte und mir den Blick in die Tiefe freigab. Sie ließ mich fallen, und unter mir sah ich eine unendliche Fläche und ein gigantisches Häusermeer. Wie sollte ich dieser Megastadt nur entkommen?

Eine Windbö im rechten Augenblick trieb mich darüber weg, und in der Ferne entdeckte ich eine rettende Kumuluswolke. Das war ein sichtbares Zeichen für eine gute Thermik. Meine Arme nahmen die Form zweier Flügel an und so glitt ich schwerelos in einem mir unbekannten Raum. Schon immer habe ich die Greifvögel bewundert, die, ohne viel Energie zu vergeuden, einfach so dahinschweben. So erging es mir in diesem Augenblick. Einfach dahinschweben. Wenn die Sonneneinstrahlung die Erdoberfläche erwärmt und die Luft sich in die Höhe schwingt, kann man diesen Zustand stundenlang genießen. Es war wie ein Rausch, der nie aufhören wollte. Eigentlich wollte ich nie wieder irgendwo landen.

Aber das alltägliches Weckerrasseln bringt mich schonungslos in die Wirklichkeit zurück.

Die Angst vorm Fliegen habe ich zwar nie verloren, doch wenn ich heute im Flugzeug sitze und nach unten schaue, stelle ich mir immer vor, wie es wäre, in die Wolken einzutauchen und schwerelos durch die Lüfte dahinzugleiten.

Doch nur im Traum! In Wirklichkeit bleibe ich lieber in dem fliegenden Käfig meines Flugzeugs sitzen.

Das Vorspiel

Lang ist es her.
Ich hatte nach fünfjähriger Ausbildung die Prüfung als Dirigent bestanden und danach das große Glück, die Leitung des hiesigen Symphonieorchesters anvertraut zu bekommen. Mit Eifer und jugendlicher Begeisterung versuchte ich, diese enorme Aufgabe aufs Beste zu meistern, was mir in den folgenden vier Jahren auch ganz gut gelang.

Zwischenzeitlich gründete ich noch eine Familie, bezog ein Haus fünfunddreißig Kilometer außerhalb der großen Stadt und war zufrieden mit dem, was ich in den wenigen Jahren erreicht hatte.

Ein bisschen stressig wurde es, als unsere Sandra geboren wurde. So ein kleines Wesen kann den gewohnten Alltag ganz schön durcheinanderbringen, hauptsächlich die Nächte! Oft kam ich ja erst am späten Abend nach Hause, müde und ausgelaugt. Aber genau auf diese Nächte hatte meine kleine Tochter es abgesehen und forderte mit einer Nachhaltigkeit sondergleichen unsere nächtliche Aufmerksamkeit, indem sie uns in den höchsten Tönen ihre durchaus kräftige Stimme vorführte. Ich bildete mir damals immer ein, kein Orchester könnte da mithalten.

Eine Ausbildung zu professionellen Eltern hatten wir nicht durchlaufen, und so wechselten wir uns ab. Meine Frau stillte die Kleine, ich wickelte sie, zwischendurch wiegten wir sie, trugen sie stundenlang herum, bis das kleine Wesen friedlich einschlief. Erschöpft fielen wir ins Bett, um am frühen Morgen von erneutem Babygeschrei wieder geweckt zu werden.

Genauso erging es mir an jenem Donnerstag. Im Orchester war eine Umstellung nötig. Zwei Streicher und ein Hornist fielen aus und mussten neu besetzt werden. Es waren sehr viele Bewerbungen eingegangen, sodass nach einer Vorwahl noch elf Streicher und drei Hornisten am Donnerstag um neun Uhr zum Vorspiel geladen waren.

Da wir in der Nähe des Bahnhofs wohnten, war es schon damals sinnvoll, wenn man in die Innenstadt wollte, den öffentlichen Verkehr zu nutzen und das Auto lieber in der Garage zu lassen. Allerdings fuhr zu jener Zeit noch keine S-Bahn, sondern nur ein Bummelzug, der alle zwei Stunden hier Halt machte.

An diesem Morgen hatte ich mal wieder nach einer schlaflosen Nacht prompt verschlafen. Trotz Katzenwäsche, ohne Frühstück und im Eiltempo verpasste ich den Zug und er fuhr ohne mich davon. Was machen? Wieder zurück zu Frau und Kind? Das Auto nehmen?

Ich entschied mich spontan anders. Neben dem Bahnhof war eine Gaststätte. Nicht besonders einladend, aber ruhig.

Von dort telefonierte ich mit meiner Sekretärin, sie möge doch die betroffenen Musiker benachrichtigen und das Vorspiel um zwei Stunden verschieben. Danach bestellte ich mir ein reichhaltiges Frühstück und einen starken Kaffee. Außer mir war anscheinend niemand anwesend und ich ließ es mir schmecken und war trotz der Pannen am frühen Morgen durchaus zufrieden.

Ich hatte ja noch zwei Stunden Zeit und nutzte sie, indem ich mich nochmals mit den Musikern beschäftigte, die in den nächsten Stunden zum Vorspielen kommen sollten. Manche waren mir bekannt und die Favoriten standen eigentlich schon fest. Dennoch waren einige dabei, von denen ich noch nicht viel gehört hatte. Na, man würde sehen!

Ich war mit meinen Gedanken immer noch bei der Musik, als aus dem Nebenraum, wo sich das einzige Telefon befand, ein junger Mann kam. Klein, mit langen Haaren. Er machte allgemein einen nicht sonderlich gepflegten Eindruck. Seinem Anzug sah man an, dass er nur ab und zu aus dem Schrank geholt wurde. Er wirkte ein wenig zerknittert und war ihm viel zu weit.

»Bin ich froh«, sagte er, »alles um zwei Stunden verschoben, dann kann ich es ja vielleicht doch noch schaffen …«

Da ich der einzige Gast war, nahm ich an, dass er mir das mitteilen wollte. So kamen wir ins Gespräch.

Er stellte sich als Peter Großmann vor und hatte genau wie ich den Zug verpasst.

»Heute soll ich eigentlich um neun Uhr in der Kulturhalle sein, wo ein wichtiges Vorspielen stattfindet«, meinte er, »aber jetzt ist sicher alles verloren und vorbei.« Dennoch, zwei Stunden Aufschub, das könne er vielleicht mit etwas Glück noch aufholen. Außerdem habe er so noch ein bisschen Zeit zum Üben.

Er holte seinen Geigenkasten hervor, packte das Instrument aus, spannte den Bogen und stimmte die Geige.

»Es stört Sie doch nicht?«

Ich schüttelte den Kopf und wurde neugierig, was dieser junge Mann spielen würde.

Zunächst nahm er sich das Pflichtstück vor. Technisch perfekt. Es gab absolut nichts auszusetzen.

Doch dann kam die Überraschung. Eine Sonate von Prokofjew folgte. Ich traute meinen Ohren und meinen Augen nicht. Ich vergaß, wo ich mich befand, der ganze Raum war erfüllt mit dem Klang, den dieser junge Mann seinem Instrument entlockte. Er spielte, er zauberte und ich nahm wahr, wie er durch die Musik an Persönlichkeit und Größe gewann. Sofort war mir klar, dass ich diesen Peter Großmann, der seinem Namen wahrlich alle Ehre machte, als Streicher in mein Orchester aufnehmen werde.

»Sie brauchen den nächsten Zug gar nicht mehr zu nehmen, Sie sind engagiert.«

Ich stellte mich ihm meinerseits vor – und ich habe in all diesen Jahren nie wieder einen so überraschten Menschen gesehen.

Beim Vorspielen habe ich noch einen guten Hornisten und einen ebenfalls guten Streicher gefunden. Leider wechseln die Musiker sehr oft, sei es altershalber, durch Umzüge oder in ein anderes Orchester.

Peter Großmann, der Streicher, ist immer noch bei uns. Aus dem kleinen, etwas unscheinbaren jungen Mann ist ein großer, zuverlässiger Freund und berühmter Musiker geworden. Heute feiern wir sein 25-jähriges Jubiläum, und ich hoffe, dass er noch bleibt, bis ich mich in fünf Jahren von meinem Orchester verabschiede.

Der Notfall

Sehr groß ist unsere Familie nie gewesen, aber Persönlichkeiten hat es in ihr viele gegeben. Da ist zum Beispiel Onkel Otto, der in der Politik mal eine ziemlich große Rolle gespielt hat, der Großvater, der ein angesehener Bürgermeister war und Tante Lotte, die zwar etwas schrullig war, sich aber in den Kriegsjahren aufopfernd den verwundeten Soldaten gewidmet hat.

Und dann unsere Großmutter! Schön und stolz war sie, gescheit, hilfsbereit und humorvoll. Letzteres ist uns allen besonders in Erinnerung geblieben, und noch heute werden immer wieder Geschichten über sie erzählt, die uns zum Lachen bringen. Zum Beispiel, wie sie mit dem Schubkarren den betrunkenen Schuster vom Schützenfest nach Hause brachte, oder die Geschichte von der Else, die allzu gerne ein Glas Wein trank und der meine Großmutter den Krug mit Essig füllte und ihn ihr vor die Haustür stellte.

Kinder und Enkel haben diese Begebenheiten immer wieder gehört und werden sie auch bestimmt in Zukunft weitergeben.

Als unsere Großmutter vor einigen Jahren krank wurde und es dem Ende zuging, waren wir alle um sie versammelt. Sie holte aus ihrem Nachttisch ein handgeschnitztes Kästchen hervor und überreichte es uns. Das Kästchen war aus wunderschönem Holz und mit einem reich verzierten Schloss versehen. Daran baumelte ein kleiner Schlüssel, der an einer Öse befestigt war.

Leise sagte sie zu uns: »Dieses Kästchen soll immer bei euch sein, aber es soll nur im äußersten Notfall geöffnet werden.« Großmutter sprach dabei ernst, aber ich meinte ein kleines Blinzeln in ihren Augen zu sehen.

Am nächsten Tag ist Großmutter gestorben.

Das Kästchen wurde nicht irgendwo versteckt, nein, sondern für alle sichtbar im Wohnzimmer aufbewahrt.

»Nur für den Notfall!«

Wie oft waren wir dem Notfall schon nah. Der Krieg zeigte sich von der schlimmsten Seite. Bomben, Granaten, Schutzbunker und Hunger gehörten zum Alltag. So manches Mal, wenn die Sorgen und die Ängste uns beinahe an den Rand der Verzweiflung brachten, waren wir der Versuchung nahe, unseren Schatz zu öffnen, aber er blieb verschlossen. Es konnte ja noch etwas Schlimmeres geschehen.

Auch nach dem Krieg gab es immer wieder Not-Momente: Geldsorgen, Krankheiten und Beziehungskrisen. Doch auch dann wurde das Schmuckstück nicht geöffnet.

Es war Sommer, wir hatten einige Einkäufe zu erledigen und unsere Kinder waren dabei, sich im Garten ein Baumhaus zu bauen. Michel, unser Ältester, gab wie immer Anweisungen und Ferdi sägte mit Eifer die Balken durch. Anne hatte genug damit zu tun, alles zusammenzunageln.

Plötzlich ein Schrei: Ferdi hatte die Säge falsch angesetzt, sie rutschte aus und schon war es passiert – die Hand blutete furchtbar und Ferdi schrie zum Gotterbarmen.

Entsetzt schauen Michel und Anne auf den Verletzten. »Das ist ein Notfall!«, rief Anne und rannte ins Haus, holte, ohne viel zu überlegen, das Kästchen hervor und schloss es zitternd auf.

Und was fand sie darin: Pflaster, nichts als Pflaster. Gerade das Richtige für den Moment. Erleichtert fanden wir bei unserer Rückkehr einen gut versorgten Ferdi vor.

Großmutter, das hast du gut gemacht!

Das Kästchen wurde wieder bestückt, ich sage nicht, womit. Es steht abgeschlossen wieder an derselben Stelle und ist natürlich »nur bei einem außergewöhnlichen Notfall« zu öffnen.

Umgebunden

Fabian war aufgeregt. Heute war sein vierter Geburtstag und es durften am Nachmittag außer seinen Großeltern und seiner Tante Gisela noch zwei Freunde zu seinem Fest kommen.

Schon am Morgen hatten seine Eltern ihm einen Kuchen mit vier Kerzen ans Bett gebracht, die er mit einmal Pusten ausblasen musste. Daneben lag noch ein großes Päckchen, und als er es ausgepackt hatte, waren es Rollschuhe, genau solche, wie sein Freund Max sie hatte. Das war einfach super. Und da es bis zum Nachmittag noch sehr lange dauerte, ging er gleich nach dem Frühstück mit Vater vors Haus und unternahm seine ersten Versuche auf den unkontrollierbaren Rollen.

Na, fürs Erste stellte er sich gar nicht mal so dumm an. Er musste halt noch feste üben.

Punkt drei Uhr kamen die ersten Gäste. Die Großeltern brachten ihm ein Bilderbuch, Max hatte ein Kartenspiel für ihn und Ulli brachte eine Playmobil-Figur mit.

Etwas verspätet kam Tante Gisela. Auch sie hatte ein Päckchen dabei. Als Fabian es auspackte, schaute er zuerst ein bisschen skeptisch und hob die Schürze mit zwei Fingern hoch.

Doch schon strahlte er übers ganze Gesicht, band sie um, und den übrigen Tag legte er sie nicht mehr ab.

Am nächsten Morgen war wieder Kindergartentag und Fabian bestand eisern darauf, seine Schürze umzubinden. Alle Kinder in seiner Gruppe fanden es toll, und Fabian ging von diesem Tag an nie ohne seine Schürze in den Kindergarten.

Alle hatten sich so langsam daran gewöhnt, aber jetzt war die Zeit gekommen, wo Fabian in die Schule kam.

In die Schule mit einer Schürze? Das ging beim besten Willen nicht. Und so konnte er sie nur noch zu Hause tragen.

Doch einmal bot sich auch in der Schule noch eine Gelegenheit.

Es war an Fasching. Jeder musste im Kostüm erscheinen. Seine Freunde hatten sich als Cowboy, Indianer oder Ritter verkleidet. Fabian sah darin eine Chance, sein Lieblingskleidungsstück auch mal in der Schule zu tragen, und kam als Gärtner. Und prompt erhielt er den ersten Preis.

Die Schulzeit war nun auch bald um, und die Frage, wie es weiter gehen sollte, war wie bei vielen jungen Menschen so ein Problem. Fabian war ein guter Schüler, und die Lehrer rieten ihm, auf jeden Fall weiterzumachen.

Doch er hatte sich entschlossen und wollte unbedingt Koch werden.

Eine Lehrstelle war einfach zu bekommen und so band er wieder einmal eine Schürze um und stand drei Jahre in der Küche. Er machte seinen Abschluss. Aber so ganz zufrieden war er nicht.

Er musste selbst gestehen, handwerklich war er gut, aber ihm fehlten die Kreativität und das Gefühl für die Feinheiten, die dieser Beruf erforderte. Eine Weile war er noch als Koch tätig, bis er plötzlich durch Zufall *sie* entdeckte: eine vollautomatische, mit allen Neuheiten ausgestattete Nähmaschine. Schon schossen ihm die Möglichkeiten durch den Kopf, wie er mit ihr das verwirklichen könnte, was er eigentlich schon lange vorhatte.

Zu Hause angekommen machte er sich gleich an die Arbeit und nähte seine erste »Schürze«. Noch waren Verbesserungen nötig, aber nach der vierten waren sie perfekt.

Sie wurden fotografiert und ins Internet gestellt. Er gab ihnen den Namen *Schüfa* (nach *Schürze* und *Fabian*)

Es war unglaublich, aber schon nach kurzer Zeit kamen die ersten Bestellungen. Fabian entwarf neue Muster, nahm verschiedene Stoffe, nähte für Hobbyköche, für Handwerker, für Kinder, für Frauen, und schon nach kurzer Zeit zog er in eine kleine Werkstatt um. Er baute an, stellte Leute ein und lieferte Schürzen in alle Welt. Das Geschäft boomte. Er konnte sich ein Haus bauen, Reisen machen und eine Familie gründen.

Fabian träumte weiterhin von Schürzen und erfand immer wieder neue Modelle. Doch eines Tages musste er erkennen: Langsam, aber stetig gingen die Bestellungen zurück. Es wurden von Jahr zu Jahr weniger.

Er selbst war auch nicht mehr der Jüngste und seine Kinder hatten überhaupt kein Interesse an seinem Werk.

Alte Mitarbeiter wurden nicht mehr ersetzt, und es war absehbar, dass der Betrieb demnächst eingestellt werden musste.

Fabian bereitete sich auf den Ruhestand vor. Geld hatte er genug verdient und so wollte er seine letzten Jahre in Ruhe genießen. Jetzt kam ihm seine Lehrzeit zugute. Oft band er sich die Schürze um und kochte für die Familie, für Freunde und Verwandte.

Wieder einmal feierte er seinen Geburtstag und wie immer bereitete er das Festmahl selbst zu, das alle Gäste ausgiebig lobten.

Natürlich hatte Fabian bei dieser Gelegenheit

seine Schürze umgebunden. Er hielt eine kleine Dankesrede und mit einem Schmunzeln endete er: »Wenn ich demnächst im Sarg liege, zieht mir bitte kein Totenhemd an, sondern legt mir meine Lieblingsschürze um!«

Drei Jahre später wurde ihm dieser Wunsch erfüllt.

Der große Erfolg

Wir sind drei Geschwister, Marie ist die Älteste, dann kommt mein Bruder Paul und ich bin das Küken.

Schon immer habe ich meine große Schwester bewundert. Sie ist in meinen Augen wunderschön, begabt, musikalisch und überall beliebt. Nur manchmal nervt sie mich, weil sie sich besonders wichtig nimmt und dabei uns gegenüber immer überheblich wirkt.

Ich dagegen bin eher tollpatschig und unbeholfen. Meine strohigen Locken sind schwer zu bändigen und meine Sommersprossen auch nicht gerade eine Zierde. In der Schule bin ich zwar im Sport ein Ass, aber ansonsten halten sich meine Leistungen in Grenzen. Ganz im Gegensatz zu meiner Schwester.

Jetzt darf sie auch noch in der Theatergruppe mitspielen, was in unserer Schule als ganz besondere Ehre gilt.

Am Ende des Schuljahres gibt es dann eine

Aufführung die zu den Höhepunkten des Jahres zählt. Wer da mitmacht, der genießt schon einen besonderen Status, und Marie ist unsagbar stolz, dass sie dieses Mal dabei sein kann.

Zweimal in der Woche wird geprobt. Da kann kommen, was will, diese Stunden lässt sie nie ausfallen. Einmal hat Mutter sogar einen wichtigen Arzttermin absagen müssen, nur weil ihre Tochter die Probe nicht versäumen wollte.

Viele Wochen dauern die Vorbereitungen für das Schulfest. Marie wird immer zappeliger, doch sie verrät uns nicht, welche Rolle sie spielt. Nur dass es sich um ein Wintermärchen handelt, hat sie mal so nebenbei bemerkt.

Der große Tag kommt. Um achtzehn Uhr soll die Vorstellung beginnen. Meine Mutter macht sich fein und sogar mein Vater bindet sich einen Schlips um. Ich wusste gar nicht, dass er einen besitzt. Paul dagegen verbringt heute extrem viel Zeit im Badezimmer und ich bändige mit viel Mühe meine widerspenstigen Locken, indem ich eine rosa Schleife darin befestige. Gestylt, stolz und erwartungsvoll betreten wir den geschmückten Schulsaal, schließlich gehört auch ein Mitglied unserer Familie zu den Darstellern.

Wir erwischen gerade in dem voll besetzten Saal noch einen brauchbaren Platz und warten gespannt auf das Geschehen.

Der Vorhang öffnet sich, und eine wunderschöne winterliche Dekoration wird sichtbar. Mädchen als Schneeflocken verkleidet tanzen und wirbeln über die Bühne. Es ist wirklich hübsch anzusehen. Dann kommen die Eisprinzessin und der Prinz ins Spiel und die Handlung nimmt ihren Lauf.

Wir warten gespannt auf den Auftritt von Marie. Nach einer dreiviertel Stunde ist Pause und von Marie war bis jetzt nichts zu sehen. Na, es ist ja auch noch nicht Schluss. In der Pause trifft man sich, spricht über das Theaterstück und lobt es in den höchsten Tönen.

Noch eine halbe Stunde wird weitergespielt. Wir drei schauen uns betreten an. Von Marie haben wir absolut nichts mitbekommen. Ist sie vor lauter Aufregung ausgefallen?

Wir sind verwirrt.

Der mächtige Applaus ist beendet und die Menschenmenge verlässt den Saal, da stürmt Marie strahlend in ihrem Schneeflockenkostüm auf uns zu. »Habt ihr mich erkannt?«, ruft sie aufgeregt. »Und? Wie war ich?«

Uns verschlägt es die Sprache. Ich kann mir gerade noch einen bissigen Kommentar verkneifen und Paul grinst breit und frech. Vater schaut etwas betreten drein, aber meine Mutter nimmt Marie in den Arm und meint: »Du warst einfach großartig!«

Insgeheim habe ich bei mir gedacht, so ein bisschen Gehopse hätte ich auch noch fertiggebracht, sogar ohne Proben.

Marie ist beim Theater geblieben. Heute ist sie eine bekannte Schauspielerin und spielt ausschließlich Hauptrollen. Wenn man sie auf die damalige Aufführung anspricht, meint sie nur: »Jeder muss doch mal klein anfangen.«

Ruf der Eule

Mein Vater konnte sich schon immer für etwas begeistern. Und wenn er gerade mal wieder etwas Neues entdeckt hatte, verrannte er sich ganz und gar in die Sache. Es wurde nachgelesen, ausprobiert, beobachtet und aufgeschrieben. Oft war er tagelang nicht ansprechbar, bis er Lösungen oder Erklärungen für sein neues Interessengebiet gefunden hatte.

Nur eine Leidenschaft hatte er von Anfang an gepflegt und nie aufgegeben, und das war seine Bewunderung und Neugier, die er für Eulen empfand.

Schon als ich noch klein war, hatte er mir diese Tiere auf Bildern gezeigt, die Vielfalt dieser Vögel und die Arten, die auch bei uns heimisch waren.

Ganz besonders konnte er sich für den Waldkauz, die Waldohreule und die Schleiereule begeistern. Für Letztere baute er, nach genauer Anweisung, eigenhändig einen Nistkasten. Den hängte er in der Nähe des Hausgiebels auf. Eine schöne Behausung, artgerecht und mietfrei, aber die Eulen machten sich nichts daraus, und der Bau blieb jahrelang unbewohnt.

Ich merkte meinem Vater schon ein bisschen die Enttäuschung an, die er aber mit einem Augenzwinkern zurückwies: »Hier gibt es einfach zu viele Rasenmäher, das mögen Eulen nicht.«

Jahre vergingen, ich zog aus, gründete eine Familie und wir bauten uns ein kleines Häuschen. Es lag ganz abgelegen und verträumt, jenseits vom Trubel und von der nächsten Stadt. Schaute man aus dem Fenster, sah man Wiesen und Felder und gleich dahinter den großen Wald, der sich kilometerweit ausbreitete. Stundenlange Wanderungen waren möglich, aber die Gefahr bestand auch, sich darin zu verlaufen. Doch mit der Zeit hatten wir all die Wege in diesem Naturgebiet erkundet und selbst unsere Kinder fühlten sich ringsum sicher.

Meine Eltern kamen immer wieder sehr gerne zu Besuch und besonders mein Vater hatte seine helle Freude, wenn er am Tage oder manchmal sogar nachts durch die Gegend streifte.

Dieses Jahr im März wollten beide wieder für ein paar Tage bei uns wohnen. Obwohl es meinem Vater in letzter Zeit nicht mehr so gut ging, nahm er die lange Fahrt auf sich. Er wirkte wirklich etwas müde, aber nach einer guten Tasse Tee und einem Stück Kuchen war er wieder der Alte.

Das Wetter zeigte sich für den Monat März schon recht frühlingshaft, und am Weiher blühten schon die ersten Buschwindröschen

Gleich am nächsten Tag, nach dem Frühstück, zog mein Vater los, um seine gewohnten Plätze im Wald aufzusuchen. Und als er am Mittag wieder eintraf, war er ganz aufgeregt.

»Denkt euch, am helllichten Tag habe ich einen Waldkauz gesehen! Ein Superexemplar!« Er war kaum zu beruhigen. »Ich weiß, wo er nistet, und heute Abend gehe ich gleich noch mal dorthin.«

Und so verliefen die nächsten Tage, er beobachtete den Waldkauz, wusste bald, wann er am Abend ausflog, und in der Nacht lauschte er seinem Ruf. Wir hörten den Kauz selten, denn alle hatten einen gesunden Schlaf; nur manchmal, bevor wir ins Bett gingen, vernahmen wir aus der Ferne deutlich das *Huh-huuuh!*.

Als meine Eltern wieder abreisten, musste ich meinem Vater hoch und heilig versprechen, ihm zu berichten, wie es mit seinem neuen Freund weiterging. Regelmäßig telefonierte ich mit meinen Eltern. Zum Sommer hin konnte ich allerdings nur noch berichten, dass die Rufe immer weniger zu hören waren; vielleicht lag es auch daran, dass die Balzzeit vorüber war. So genau hatten wir nicht immer darauf geachtet.

Der Sommer ging vorbei, aber meine Eltern

konnten sich in diesem Jahr nicht dazu überwinden, die lange Fahrt zu machen. So hatten wir uns vorgenommen, sie im Oktober zu besuchen.

Kurz vor unserer Reise wachte ich mitten in der Nacht auf. Ganz laut waren die Rufe zu hören: *Huh-huuuh!*

Als ob die Eule vor dem Fenster Platz genommen hätte. Immer wieder: *Huh-huuuh!*

Ich sprang aus dem Bett und leuchtete mit der Taschenlampe nach draußen.

Da saß sie, neben dem Kirschbaum. Sie sah mich mit ihren großen Augen an, breitete ihre Flügel aus, und lautlos flog sie in Richtung Wald.

Meinem Vater konnte ich von dieser Begebenheit nicht mehr berichten. Er war in dieser Nacht gestorben.

Lasterwetter

Heute um elf Uhr hat sie bei einem Herrn Lorenz ihr Vorstellungsgespräch.

Ihre Bewerbungsunterlagen sind sorgfältig in einer Mappe eingebunden und schon gestern hat sie sich die passenden Kleidungsstücke zurechtgelegt, die helle Hose und dazu den dunkelblauen Blazer mit der passenden Bluse. Noch schnell die Haare waschen, föhnen, ein dezentes Make-up auftragen, und der große Augenblick kann kommen.

Die Firma würde ja so ganz ihren Idealvorstellungen entsprechen. Bekannt, nicht allzu groß und vor allen Dingen fast in der Nähe.

Da sie kein Auto besitzt, kann sie den Weg locker mit dem Fahrrad oder sogar zu Fuß bewältigen.

Heute bei dem Dauerregen wird sie also den letzteren Weg wählen. Der Schirm ist groß genug, um sie die zwanzig Minuten gut zu schützen.

Die Straße rechts entlang, dann die Hauptstraße und wieder rechts Richtung Innenstadt.

Dahinter sieht man schon das Gebäude mit der gelb leuchtenden Fassade.

Gerade will sie darauf zusteuern, da hört sie von hinten den Laster kommen. Sie ist nicht schnell genug, um auszuweichen, und schon spritzt das dreckige Regenwasser auf sie ein.

Das darf doch nicht wahr sein. Hose, Jacke, Schuhe sind mit Schmutz besprenkelt und auch in den Haaren klebt die dreckige Brühe.

Was tun? Umdrehen und sich umziehen? Dafür ist die Zeit zu knapp. Alles umsonst, und schon sieht sie sämtliche Felle davonschwimmen.

Jetzt ist es auch egal. Sie säubert notdürftig ihre Garderobe, streicht die Haare glatt und entfernt die Spritzer im Gesicht. Dabei verschmiert sie auch noch das sorgfältig aufgetragene Make-up.

Alles läuft schief!

Ihre ganze Selbstsicherheit ist dahin, als sie bei Herrn Lorenz eintritt.

Und da sitzt der Personalchef, smarter Typ mittleren Alters, superkorrekt gekleidet. Der schaut etwas verdutzt und leicht amüsiert auf die bemitleidenswerte Gestalt, die die Werbeabteilung leiten möchte.

Er nimmt die Bewerbungsunterlagen an sich, schaut kurz hinein und stellt ein paar belanglose allgemeine Fragen, doch ihre Antworten fallen ein wenig zu schüchtern aus.

»Sie hören von uns« – und somit ist sie entlassen und steht wieder im Regen auf der Straße.

Eine Woche später findet sie im Briefkasten ihre Unterlagen.

Obendrauf befindet sich ein Schreiben: *Wir haben Ihre Bewerbung geprüft und würden uns freuen, wenn Sie am kommenden Ersten bei uns anfangen könnten.*

Sie kann es einfach nicht glauben – nach dem pannenreichen Tag doch noch Glück?

Die Tätigkeit in der neuen Firma macht ihr Spaß. Schon nach wenigen Wochen kann sie selbstständig arbeiten und fühlt sich auch im Kollegenkreis richtig wohl.

Nur wenn sie dem Herrn Lorenz begegnet (sie nennt ihn in Gedanken immer *Lorenzo*, das passt so viel besser zu dem eleganten Typ), merkt sie zu ihrem Unbehagen, wie sie jedes Mal wie ein Teenager errötet. Zu dumm!

In der Werkskantine trinkt sie gelegentlich ihren Nachmittagskaffee, so auch heute. Dabei war sie ganz in einen Artikel vertieft, sodass sie nicht bemerkt, wie Lorenzo neben ihr Platz nimmt.

Man unterhält sich eine Weile über belanglose Firmenangelegenheiten, bis er sie plötzlich intensiver anschaut und sie fragt, ob sie noch manchmal an den nassen Tag zurückdenkt und ob man den nicht mit einem Glas Wein wegspülen könnte. Außerdem kenne er ein nobles Lokal in der Nähe ...

Ein wenig überrascht, aber seltsamerweise erfreut, nimmt sie die Einladung an.

Der kommende Tag ist mal wieder so ein richtiger Regentag. Bis zum späten Nachmittag ist der Himmel grau. Doch plötzlich, wie durch ein Wunder, verziehen sich die Wolken und es wird von Stunde zu Stunde heller. Und auch ihre Stimmung steigt. Sie freut sich auf den bevorstehenden Abend, wählt das passende Kleid aus und es dauert schon etwas länger, bis sie mit ihrem Aussehen so richtig zufrieden ist.

Treffpunkt ist das von ihm bestimmte Restaurant. Schon von Weitem sieht sie ihn. Wie immer elegant, und sie muss insgeheim feststellen, ihr gefällt dieser Mann.

Sie hat noch wenige Meter, ihn zu begrüßen, da hört sie schon dieses donnernde Geräusch eines Lastwagens. Der fährt mit schnellem Tempo durch eine riesige Pfütze, und wie ein Wasserfall ergießt sich die Flut über Lorenzo.

Entsetzt und ein wenig hilflos schaut er an sich herunter. Nass und voller Spritzer ist sein Outfit. Das ist so gar nicht der selbstsichere Lorenzo. Doch schnell hat er sich wieder gefangen, er lächelt schelmisch und begrüßt sie mit den Worten: »Jetzt sind wir quitt!«

Lachend nimmt sie seinen Arm und beide betreten das Lokal. Der Ober sieht verwirrt zu ihm auf, aber Lorenzo zeigt auf seinen Anzug und meint: »Nur ein Laster.«

Der Abend wird wunderschön, und es folgen noch viele weitere.

Diese Geschichte haben wir unseren Kindern noch oft erzählt, und wenn wir an einem Regentag aus dem Hause gehen, rufen sie uns immer hinterher: »Vorsicht, heut' ist Lasterwetter!«

Unverhofft

Das war deutlich. Soeben hat Frank mit einem lauten Knall die Tür hinter sich zugemacht, und das zwei Tage vor Weihnachten.

Drei Jahre wohnen wir nun schon zusammen, aber in letzter Zeit hat sich da so einiges an Unstimmigkeiten zusammengebraut, zwar lauter Kleinigkeiten, aber heute ist es dann zu einer gewaltigen Explosion gekommen.

Ob er wohl vor dem Fest wieder zurückkehrt? Doch eigentlich habe ich auch nicht vor, die Feiertage in gespannter Stimmung zu verbringen. Nachher findet sich sicher wieder Gelegenheit zur Versöhnung. Am besten, ich fahre einfach weg.

Zu Freunden, die fast alle Familie haben? Nein!

Zu den Eltern nach Berghausen? Schon lange sollte ich da mal wieder einen Besuch machen, aber es ist merkwürdig, ich fühle mich nicht mehr so daheim wie früher, obwohl die Eltern sich immer noch riesig freuen, wenn ich mal vorbeikomme.

Die Tasche ist schnell gepackt und laut Fahrplan fährt der nächste Zug in einer Stunde. Dann zwei Stunden Fahrt und dann noch die elf Kilometer mit dem Bus.

Die Zugfahrt ist angenehm. Eine Frau mit zwei Kindern, ein Schüler und ein Herr in meinem Alter. Ansonsten ist der Bummelzug leer. Umsteigen in Laichingen! Der Bus steht schon da und wer ist der Fahrer? Moritz! Den kenne ich noch von der Schulzeit und damals war ich sogar etwas verliebt in ihn.

»Schön, dass du deine Eltern am Heiligen Abend besuchst«, meint Moritz »Deinem Vater geht es in letzter Zeit nicht besonders gut.«

Warum habe ich davon eigentlich nichts gewusst?

Mit dem Bus fährt nur noch der Herr aus meinem Abteil. Was will der wohl in Berghausen?

Und dann passiert es: Kurz vor dem Ziel hält Moritz an, der Bus hat eine Reifenpanne!

Taxi holen, warten oder die zwei Kilometer laufen? Ich entscheide mich für Letzteres. Der andere Fahrgast steigt ebenfalls aus und schließt sich mir an. Unterwegs fragt er, ob es in Berghausen einen Gasthof gebe. Und ich erinnere mich an den *Adler*; der ist zwar recht einfach, aber die Küche ist zu empfehlen.

In Berghausen angekommen, ist das Gasthaus nicht zu übersehen. Allerdings prangt ein großes Schild an der Tür: *An den Feiertagen geschlossen.*

Ja, was nun? Was will dieser Mann auch in so einem Nest?

Auf dem Weg ins Dorf reden wir nicht viel. Ich bin mit meinen Gedanken bei Frank und meinen Eltern, doch als ich ihn jetzt vor mir sehe, finde ich ihn doch ein wenig hilflos. Er stellt sich als Rolf Weber vor. Er wollte einfach nur eine kleine Reise machen, irgendwohin. Er hat etwas in der Stadt zu tun und ist in einem unpersönlichen Hotel untergebracht. Da will er auf keinen Fall das Fest verbringen. Und jetzt ist er eben hier gelandet, was auch nicht unbedingt befriedigend ist.

Ich entschließe mich, ihn erst mal mit zu meinen Eltern zu nehmen.

Die Eltern freuen sich sehr. Meine Mutter hat etwas Leckeres gekocht, denn das ganze Haus ist voller Düfte. Vater hat den Kamin angeheizt, sodass es überall warm und heimelig ist. Warum bin ich so selten hier!

Der Überraschungsgast wird mit einer Herzlichkeit aufgenommen wie ein alter Freund, und nach dem gemütlichen Abendessen ist es ebenso selbstverständlich, dass der Fremde im Gästezimmer übernachten darf.

Dann erfahren wir auch, dass Herr Weber als Synchronsprecher in der Stadt zu tun hat und am zweiten Weihnachtstag in der großen Kirche die Weihnachtsgeschichte vortragen soll.

Meine Eltern sind ganz angetan von ihrem Gast.

Am Abend sitzen wir dann noch gemütlich beisammen, als Herr Weber aus seiner Tasche ein kleines Buch hervorholt. Da er ja kein Geschenk für uns hat, will er uns etwas vorlesen. Es passt einfach zum heutigen Abend und selten war ich so beeindruckt. Seine Stimme ist einfühlsam und er kann einfach wunderbar vortragen. Aber auch meine Eltern hören andächtig zu und würdigen dieses Geschenk.

Am nächsten Tag muss unser Besuch wieder zurück in die Stadt. Wir bestellen sicherheitshalber ein Taxi zum Bahnhof, tauschen unsere Adressen aus und verabschieden uns wie alte Freunde.

Zwei Wochen später:

Frank ist immer noch nicht zurückgekommen, es tut weh, aber vielleicht braucht alles seine Zeit.

Gestern hat meine Mutter angerufen; sie habe einen riesengroßen Blumenstrauß vom Herrn Weber bekommen. So ein netter Mann.

Heute hat er mich angerufen und immer wieder beteuert, wie wunderbar es sei, dass er durch diesen seltsamen Zufall nach Berghausen gekommen ist. Dieses Weihnachtsfest wird er nie vergessen. Er hofft, dass wir uns doch noch mal wiedersehen.

Vor anderthalb Jahren habe ich geheiratet. Nicht Frank und auch nicht Herrn Weber. Den habe ich nie wieder getroffen, aber gehört habe ich ihn oft. Seine Stimme in Filmen und Hörspielen ist unverwechselbar.

Ich habe Moritz geheiratet. Nachdem ich jetzt öfter meine Eltern besucht habe, haben wir uns auch öfter gesehen. Er fährt immer noch den Bus und hat auch nie wieder eine Reifenpanne gehabt.

Kehrwoche

Zweiundvierzig Jahre sind eine lange Zeit, und die Wohnung, in der ich bis zum heutigen Tag wohne, ist mir vertraut. Vierunddreißig Jahre war ich damals, als wir mit unseren zwei Kindern hier eingezogen sind. Die Dreizimmerwohnung ist nicht gerade groß, aber es reichte uns und wir waren zufrieden.

Jetzt habe ich genügend Platz. Mein Mann ist schon vor vier Jahren gestorben und die Kinder sind längst aus dem Haus. Das ehemalige Kinderzimmer habe ich als Gästezimmer eingerichtet, aber Besuch kommt leider sehr selten.

Alles wird mühsamer. Das Treppensteigen in den zweiten Stock, das Fensterputzen und sogar die einfachsten Arbeiten in der Wohnung fallen mir von Tag zu Tag schwerer

Also habe ich mich Anfang des Jahres entschlossen, die Wohnung aufzugeben und ins nahe gelegene Heim zu ziehen. In drei Monaten, im Mai, ist es so weit.

Acht Wohneinheiten gibt es in unserem Haus und so bin ich nur alle acht Wochen dran mit der unausweichlichen Kehrwoche. Diese hat auch in unserem Haus ihren ganz besonderen Stellenwert. Peinlichst ist man darauf bedacht, dass jeder Bewohner diese Arbeit sorgfältig und genau verrichtet.

Jetzt ist Winter, und uns allen graut vor dem Moment, wenn Eis und Schnee kommen. Bis jetzt hatten wir in diesem Halbjahr Glück. Es war ziemlich mild und außer trüben Tagen und Regen haben wir die Zeit bisher gut überstanden.

Aber soeben habe ich in den Nachrichten gehört, dass in den kommenden Tage mit viel Schnee zu rechnen ist. Das muss ausgerechnet mich treffen.

Also stelle ich für morgen meinen Wecker, damit ich rechtzeitig vor dem Haus die weiße Pracht beseitigen kann. Und richtig, wie vorhergesagt kommt viel, viel Schnee. Mühsam schaufle ich die Massen auf einen Haufen. Immer wieder muss ich stehen bleiben und tief Luft holen, trotz der Kälte schwitze ich, und meine Arme können kaum noch die Schaufel heben.

Endlich geschafft. In der Wohnung angekommen heißt es erst einmal ausruhen.

Tagsüber lassen die Schneefälle nach. Doch schon bringt der Wetterbericht für die kommende Nacht wieder schlechte Nachrichten für mich.

Am nächsten Morgen, mir tun immer noch sämtliche Glieder weh, hat sich wieder eine dicke Schneedecke breitgemacht. Aber ich traue meinen Augen nicht: Vor unserem Haus ist schon alles blitzblank weggeräumt. Gibt es hier Heinzelmännchen? Als ich ein bisschen im Haus herumgefragt habe, hat sich niemand dazu bekannt.

Für den Dienstag habe ich meinen Wecker noch früher gestellt und bin ganz früh nach unten geschlichen. Die Schneeschaufel steht nicht an der gewohnten Stelle und als ich vorsichtig nach draußen schaue, sehe ich eine junge Gestalt, die schnell und fast mühelos mit den Schneemassen fertigwird. Wer ist das? Mit der Kapuze und in der Dunkelheit kann ich die Person nicht erkennen. Doch als sie sich plötzlich etwas dreht, meine ich, es könnte Ben sein, der junge Mann aus dem ersten Stock. Das ist aber doch nicht möglich, mit Ben habe ich immer nur ein paar Worte gewechselt. Er ist im Allgemeinen ziemlich schweigsam und mürrisch. Warum sollte so ein junger Mann auch mit einer alten Frau viel reden? Doch auch an den folgenden Tagen wiederholt sich alles von Neuem. Ich brauche nicht einmal die Schneeschaufel anzurühren.

Als ich Ben am Freitagnachmittag nach dem Einkaufen zufällig treffe und ihn frage, ob er mir die Woche geholfen hat, wird er ein bisschen rot und sagt nur: »Nein, warum sollte ich?«

Aber ich weiß es besser und nehme ihm seine Antwort nicht ab.

Mein Umzug ins Heim kommt immer näher. Ich sortiere: was nehme ich mit, was bleibt hier ...

Viele Kartons sind es nicht, die mit ins Heim müssen. Kleidungsstücke, Erinnerungen, der Fernseher und das neue Radio, das meine Kinder mir zum Weihnachtsfest geschenkt haben.

Brauche ich Letzteres eigentlich unbedingt? Ich habe ja noch das alte Kofferradio, an das habe ich mich doch im Laufe der Jahre gewöhnt.

Da kommt mir eine Idee. Ich packe das neue Radio sorgfältig in die dazugehörige Verpackung und lege sie vor die Tür im ersten Stock, wo Ben wohnt.

Am nächsten Tag bin ich in meiner neuen Umgebung angekommen. Alles ist noch ein bisschen ungewohnt. Dennoch spüre ich auch eine gewisse Erleichterung. Kein Treppensteigen, kein Einkaufen und auch keine Kehrwoche mehr. Im Gegenteil, wenn es im nächsten Winter mal wieder so richtig schneit, kann ich sogar den Schnee genießen.

Gestern kam ein Anruf. Es war Ben. Er wollte wissen, ob ich ein Paket vor seine Tür gelegt habe.

Ich sage nur: »Nein, warum sollte ich?« Ich glaube, er hat es verstanden, denn gelegentlich besucht er mich im Heim.

Neulich, als der erste Schnee fiel, kam Ben und brachte mir aus der Bäckerei Schneeballen mit. Ich hörte gerade meine Musiksendung und er meinte, das sei aber auch nicht gerade das neueste Radio, das klinge ja furchtbar. Worauf ich sagte: »Kann sein, aber ich brauche kein neues!«

Jedem das Seine ...

Mein Name ist Melanie und ich werde im nächsten Monat achtzehn Jahre alt. Ich wohne mit meinen Eltern, meiner Schwester und dem kleinen Bruder in einer mittelgroßen Stadt in Süddeutschland. Ebenfalls in unserem Haus sind noch meine Großeltern. Sie bewohnen die Wohnung im Erdgeschoss. Seit einigen Monaten bin ich bei ihnen eingezogen. Oma hat das Gästezimmer für mich leer geräumt und ich durfte es ganz nach meinem Geschmack einrichten. Früher war ich immer mit meiner Schwester zusammen, aber die ist in letzter Zeit so zickig geworden und nervt mich total. Jetzt bin ich absolut glücklich und darum habe ich mir vorgenommen, allen zu Weihnachten ein Geschenk zu machen.

Geld habe ich mir in den Sommerferien bei Onkel Paul verdient. Der hat nämlich im Nachbarort eine Gärtnerei und da habe ich drei Wochen gearbeitet. Wenn ich besonders fleißig war, hat Onkel Paul mir auch manchmal noch einen Zwanziger extra zugesteckt.

So einigermaßen weiß ich auch schon, was alle bekommen. Vater wünscht sich so ein Heimwerkerbuch mit vielen Ratschlägen, Mutter eine Knoblauchpresse, Oma eine DVD aus der Serie *Verbotene Liebe*, Opa ein paar dicke Socken wegen seiner kalten Füße, meine Schwester Lisa Kopfhörer und Felix ein Kindergartentäschchen, aber genau so eines wie sein Freund Max, nur nicht in Blau.

Die Kopfhörer werden wohl am teuersten werden, und das auch noch für Lisa. Aber vielleicht wird sie ja danach ein bisschen netter zu mir. Mal sehen.

Übermorgen ist Heiligabend, also werde ich noch heute in die Stadt fahren.

Eigentlich ist es schön hier im Kaufhaus. Alles ist geschmückt, und ohne viel Mühe habe ich auch schon die ersten Geschenke gefunden. Das Kindergartentäschchen für Felix habe ich auch entdeckt, aber das gab es nur noch in Pink. Na ja, Felix hat es sowieso nicht so mit den Farben. Neulich hat er einen Tannenbaum ganz in Lila ausgemalt. Er meinte zu unserem Erstaunen: »Das ist in diesem Jahr *in*.«

Das Aussuchen macht mir richtig Spaß und ich verstaue all die schönen Geschenke in meinem Rucksack.

Nur noch Papier und Bänder. Dann noch das lästige Einpacken, das mir so gar nicht liegt.

Und da entdecke ich sie im Sonderangebot: wunderschöne Faltschachteln in verschiedenen Farben, und auf jeder Schachtel ist ein Weihnachtsmotiv. Kerze, Tannenzweig, Kugeln, Glocken und Engel. Kein Einpacken, nur rein in die Schachtel, eine kunstfertige Schleife obendrauf, und prächtig und teuer sehen meine Geschenke aus.

Zu Hause angekommen wird gleich alles in die Tat umgesetzt und mit der Schleife liebevoll dekoriert. Jetzt nur noch Namensschilder schreiben und dranbinden.

Das Geschenk für Oma, wo war es doch drin, war es in der Schachtel mit dem Kerzenmotiv? Oder war es in der Schachtel mit den Kugeln?

Ja, jetzt bin ich doch ein bisschen unsicher – wo sind denn nun die Knoblauchpresse, die DVD, der Kopfhörer, die Socken, das Buch und das Kindergartentäschchen drin? Aufmachen kommt nicht in Frage, sonst ist die Schleife kaputt. Na, ich denke, ich werde es schon richtig machen. So stehen die Päckchen am Ende doch sehr attraktiv auf meinem Regal und der Heiligabend kann kommen.

Es ist so weit. Zum ersten Mal kann ich auch mal Geschenke verteilen – wie stolz ich bin!

Vater macht das erste Päckchen auf und grinst

ganz verschmitzt. »Na«, meint er, »vielleicht kann ich doch noch etwas dazulernen«, und er hebt die DVD *Verbotene Liebe* hoch, worauf ihm Mutter einen strengen Blick zuwirft.

Meine Schwester Lisa ruft ganz empört: »Was soll ich denn mit der stinkigen Knoblauchpresse?«

Opa lacht. »Ich wollte ja immer mal in den Kindergarten gehen, Felix, nimmst du mich mal mit? Das Täschchen habe ich ja jetzt.«

Und Mutter ist ganz glücklich über den Kopfhörer. »Jetzt kann ich endlich mal abschalten«, ist ihr Kommentar.

Oma hat das Heimwerkerbuch ausgepackt. Nach einer kurzen Pause meint sie: »Muss ich denn immer alles selber machen?«

Felix hat die Socken erwischt. »Nicht schlecht«, meint er, »aber Opa, eigentlich können wir doch tauschen.« Dabei hat ihn die Farbe Pink überhaupt nicht gestört.

Selten hatten wir so einen Spaß beim Auspacken, und zum Schluss hat dann doch jeder sein richtiges Geschenk erhalten.

Selbst Lisa musste lachen und sie hat dann sogar das Lied *Lasst uns froh und munter sein* angestimmt

Die Schachteln aber habe ich samt der Namensschilder fürs nächste Weihnachtsfest aufbewahrt.

Das Geschenk

Renate hat am Wochenende Geburtstag. Eigentlich freue ich mich schon auf das Fest – wenn ich nur wüsste, mit welchem Geschenk ich ihr eine Freude bereiten kann.

Bücher, Blumen und DVDs hat sie im letzten Jahr jede Menge bekommen, und Präsentkörbe ebenso. Wünsche hat sie auch nicht direkt geäußert, also was tun?

Morgen werde ich mal in die Stadt gehen, vielleicht finde ich ja etwas Passendes für sie.

So ein Bummel durch die Geschäfte macht ab und zu ja wirklich Spaß, wenn man sich ein bisschen Zeit nimmt.

Angebote gibt es überall im Überfluss, und so steuere ich zunächst mal die Parfümerie an. Die vielen Düfte sind natürlich sehr verführerisch, aber dann erinnere ich mich, dass Renate immer sehr konsequent bei einem Lieblingsduft bleibt. Aber wie heißt der noch? Keine Ahnung!

Also doch lieber weitersuchen. Deko, Schreibwaren, Textilien, Haushaltswaren, alles nicht das Richtige. Doch stopp! Gerade will ich letztere Abteilung verlassen, da fällt mein Blick auf einen Tisch mit Einzelstücken einer ganz bekannten Manufaktur. Wunderschöne Schalen, Leuchter, Tassen, Vasen und vieles mehr. Und das alles zum halben Preis.

Ich bin ganz begeistert, und nach einigem Suchen bleibt mein Blick an einer Vase hängen. Eine wunderschöne schlanke Form, nach oben hin etwas ausladend, sodass jeder Blumenstrauß sich gleichmäßig ausbreiten kann. Eine dezente Malerei in Pastellfarben gibt dem hauchdünnen Porzellan das gewisse Etwas. Am liebsten würde ich die Vase selbst behalten.

Zufrieden und glücklich über meinen Kauf mache ich mich auf den Heimweg.

Zum Wochenende habe ich noch passende Blumen besorgt. Beides habe ich bewusst getrennt eingepackt, es soll ja zuallererst die Vase als Hauptgeschenk überreicht werden.

Aber schon beim Auspacken habe ich Renate angemerkt, dass die Vase nicht so ganz ihrem Geschmack entspricht. Ihre Begeisterung gilt mehr dem Blumenstrauß.

Na, vielleicht findet sie das Geschenk bei näherer Betrachtung später doch ganz passabel.

Manchmal häufen sich die Geburtstage. Übermorgen hat Hanna ihren Ehrentag. Sie feiert nicht, aber ich gehe trotzdem vorbei, gratuliere und bringe ein paar Blumen mit.

Hanna freut sich sehr über meinen Besuch und freudestrahlend zeigt sie mir die vielen Geschenke, die sie heute schon bekommen hat.

Besonders glücklich ist sie über den flauschigen Bademantel, den ihr Mann ihr geschenkt hat, den großen Bildband über Amerika und den Wellness-Gutschein. Ich will mich gerade verabschieden, als mein Blick zufällig auf etwas trifft, was mir so gar nicht fremd ist. Versteckt hinter einem Buch entdecke ich die Vase, die vorgestern noch auf einem anderen Gabentisch stand.

»Die hat mir Renate geschenkt«, meint Hanna und dabei lächelt sie ein bisschen gekünstelt, denn von Begeisterung kann in diesem Augenblick wahrhaftig nicht die Rede sein. Ich kann das überhaupt nicht verstehen, denn diese Vase ist für mich immer noch nach wie vor wunderschön.

Warum hat Renate sie bloß weiterverschenkt?

Obwohl ich Hanna oft besuche, die Vase habe ich nie wieder bei ihr gesehen.

So nach und nach habe ich die Geschichte auch vergessen, bis zu dem Tag, als ich zu einer Konfirmation eingeladen wurde. Es waren entfernte Verwandte.

Zufällig war auch Hanna unter den Gästen

und als ich sah wie sie freudestrahlend der jungen Lena ihr Geschenk überreichte, ahnte ich es schon. Die Form, die Größe in dem Geschenkpapier glich einer Vase.

Und ich hatte recht. Es war mal wieder die meinige.

Sollte ich nun lachen oder mich ärgern? Ich beschloss, einfach darüber hinwegzusehen. Irgendwann und irgendwem würde sie schon noch gefallen.

Feste, Feste, auch bei uns wurde in diesem Jahr gefeiert. Das Fest der goldenen Hochzeit stand bevor. Fünfzig Jahre zusammen, das war doch wirklich ein Anlass, Freunde und Verwandte einzuladen.

Es wurde ein wunderschöner sonniger Tag. Die Gäste kamen pünktlich, und das Haus glich in kurzer Zeit einem Blumenmeer. Ich wusste gar nicht, wie ich die vielen Sträuße unterbringen sollte. Sämtliche Vasen, Krüge, Gläser und sogar Eimer waren mit Blumen bestückt.

»Da kann ich etwas abhelfen«, hörte ich eine Stimme neben mir.

Es war Lena, sie überreichte mir ein Päckchen, groß und schön verpackt.

Ich hatte etwas Mühe, all das Papier zu entfernen, behutsam packte ich das Geschenk aus. Ich fühlte, ich ahnte, was auf mich zukam: Es war die Vase, die ich vor langer Zeit ausgesucht hatte.

Es hat zwar etwas lange gedauert, bis sie von Renate zu Hanna, von Hanna zu Lena und dann doch noch den Weg zu mir fand. Aber eines weiß ich ganz sicher: Weiterverschenkt wird dieses Schmuckstück bestimmt nicht mehr.

Heimliche Versuchung

Der Ort, in dem ich lebe, gehört wirklich nicht zu den schönsten. Er liegt langgestreckt an einer Hauptstraße. Unser Haus liegt am entgegengesetzten Ende meiner Schule und deshalb nehme ich meistens mein Fahrrad für diese doch ziemlich lange Strecke.

Heute regnet es in Strömen und dazu bläst noch ein kalter Herbstwind. Also lasse ich mein Rad im Schuppen und mache mich zu Fuß auf den Weg. Bis zum Dorfplatz ist es schon ganz schön weit, dann noch am Rathaus vorbei, an der Kirche und am Kindergarten. Die Schule ist bei dem Wetter immer noch nicht zu sehen und als ich sie endlich erreiche, bin ich schon pitschnass. Gut, dass jetzt schon geheizt wird und die nassen Kleidungsstücke wieder trocknen.

Nach der Schule haben sich die dicken Wolken verzogen und ab und zu kommt sogar die Sonne hervor. Wie ich jetzt mein Fahrrad vermisse!

Müde und hungrig mache ich mich nach dem langen Schultag auf den Heimweg.

Kurz vor dem Kindergarten komme ich am Grundstück vom Herrn Krause vorbei. Der hat vor seinem Haus eine lange Hecke gepflanzt und nur am Eingang zur Garage hat er die Zufahrt frei gelassen.

Dahinter steht ein Apfelbaum, den ich eigentlich noch nie so richtig wahrgenommen habe. Heute, im Vorbeigehen, habe ich ihn sogar gerochen. Er hängt voller roter Äpfel und der Duft der Früchte weht mir entgegen. Beim Anblick dieser Fülle an Früchten habe ich nur einen Wunsch: Nur *einen* Apfel! Aber den möchte ich gleich haben.

Ich schleiche mich vorsichtig heran, und es ist wirklich nicht schwer bei dem Überfluss, einen großen, reifen Apfel zu erwischen. Er schmeckt einfach himmlisch.

Am nächsten Tag bin ich dann wieder mit dem Rad unterwegs. Auch dieses Mal mache ich auf dem Rückweg halt. Das Fahrrad stelle ich vor der Hecke ab, schleiche auf die Zufahrt zu und lange wieder gierig nach einem Apfel. So wiederholt es sich Tag für Tag.

Heute ist Freitag und ich freue mich schon wieder, bis ich das Grundstück von Herrn Krause erreicht habe. Einen einzigen Apfel, nein, das geht nicht, jetzt kommt doch das Wochenende. Wovon soll ich denn leben?

Also pflücke ich ganz mutig Apfel für Apfel ab und packe sie nebeneinander in meinen Fahrradkorb. Gerade will ich wegfahren, da bemerke ich, wie Herr Krause mich von seiner Haustür aus beobachtet.

Er sagt nichts, schaut nur zu mir herüber, zieht seelenruhig an seiner Pfeife und sagt: »Na, dann guten Appetit«

Ich bleibe wie versteinert stehen, werde rot und möchte am liebsten im Boden versinken. Die ganze Zeit habe ich mir eigentlich nichts dabei gedacht, doch dieses Mal komme ich mir wirklich wie eine Diebin vor. Verschämt fahre ich davon.

Zu Hause angekommen lege ich die Äpfel auf den Küchentisch, aber obwohl sie wie immer noch verführerisch aussehen und duften, kann ich mich an ihrem Anblick nicht freuen. Soll ich sie zurückbringen? Da fällt mir etwas Besseres ein.

Oft habe ich schon zugesehen, wie meine Oma Apfelkuchen gebacken hat. Das Rezept hat sie immer aus ihrem Kochbuch geholt, das im oberen Regal steht. So schwer wird es ja nicht werden, einen Kuchen zu backen. Die Zutaten sind alle im Haus und gleich beginne ich mit der Arbeit. Mehl, Butter, Eier, Backpulver, Milch und

Zucker zu einem Teig kneten, die Äpfel schälen, darauf verteilen und ab in den Ofen.

Wie das duftet! Ich bin richtig stolz auf mein Meisterwerk.

Noch etwas Puderzucker darauf und behutsam packe ich den abgekühlten Kuchen in eine Schüssel mit Deckel, setze ihn vorsichtig in den Fahrradkorb und mache mich auf den Weg zu Herrn Krause.

Etwas zittrig klingele ich an seiner Haustür. Er öffnet, aber ich bringe einfach keinen Ton heraus und strecke ihm nur den Kuchen entgegen. Er lacht und sagt: »Das ist aber eine gute Idee, wie wäre es, wenn wir ihn zusammen probieren?«

Es wird ein wunderschöner Nachmittag. Herr Krause bringt mir einen Apfelsaft, und sich selbst macht er einen Kaffee. Er weiß so viele Geschichten zu erzählen und ich muss ihm versprechen, ihn öfter mal zu besuchen, ob mit oder ohne Kuchen; und Äpfel dürfe ich mir in Zukunft holen, so viele ich wolle.

Jahre sind vergangen. Ich wohne noch immer im gleichen Ort. Den Herrn Krause gibt es schon lange nicht mehr. Fremde Menschen leben in seinem Haus. Das Grundstück kann man nicht mehr betreten, da ein großer Zaun die Zufahrt verschließt – aber der Apfelbaum steht noch am selben Platz. Er sieht schon etwas knorrig aus und er trägt auch schon lange nicht mehr so viele Äpfel wie zu jener Zeit

Jedes Jahr, wenn Apfel-Saison ist, mache ich einen Spaziergang zu diesem Baum. Hoffentlich bleibt er noch lange dort stehen.

Bingo

Früher war dieses Dorf in der Umgebung sehr bekannt. Nicht weil es besonders schön gelegen war, sondern weil es in diesem Ort immer unheimlich viele Mäuse gab. Es wurde deshalb auch öfter *das Mäusedorf* genannt. Weshalb diese kleinen Nager sich dort so wohl fühlten, konnte niemand sagen. Mäuse haben halt auch ihren Lieblingswohnsitz.

Heute ist es nicht mehr ganz so schlimm, Katzen und Fallen haben das ihre dazu beigetragen, diese Plage zu reduzieren. Ganz ausgestorben ist diese Spezies dennoch nicht.

Um dem Namen *Mäusedorf* doch noch ein wenig gerecht zu werden, haben die Bewohner vor einigen Jahren beschlossen, an zwei Wochenenden im Jahr ein Mäuserennen zu veranstalten.

Ein Mäuserennen? Das erfordert zuallererst mal eine genaue Beschreibung.

Wer sich an diesem Turnier beteiligen will, muss sich zuerst mal zwei Käfige besorgen, die einheitlich von einem Handwerker aus dem Dorf angefertigt werden. Einer davon wird benötigt, um darin eine oder mehrere Mäuse zu halten, für ein paar Monate oder auch schon mal über ein Jahr. Die Tiere werden in dieser Zeit bestens versorgt und behütet, aber jeweils nur eine Maus darf am Turnier teilnehmen.

Der Käfig selbst hat an der Breitseite eine Tür, die man nach oben schieben kann. An dieser Tür wird eine durchsichtige, fünf Meter lange Röhre eingehängt, deren Ende an dem zweiten Käfig befestigt wird. Die Maus hat dann die Aufgabe, möglichst schnell durch den Kanal zu rennen, wo sie am Ende immer eine besondere Leckerei erwartet. Natürlich werden unter den Zuschauern immer Wetten abgeschlossen und das Geschrei im Saal ist riesengroß.

Die Rennmaus wird vier Tage vor ihrem Start ausnahmsweise sehr dürftig gefüttert, denn am Turniertag soll sie ja möglichst gierig auf ihr Lieblingsgericht zurennen. In der Regel braucht es dann doch einige Zeit. Zuerst muss sich das Tier ja mal in die Röhre wagen und sich vorsichtig darin bewegen; und erst, wenn sie den Braten riecht, rennt sie los.

Im vorigen Jahr ist Bingo zweimal Sieger geworden, sie ist die Maus von Willi und seinem siebenjährigen Sohn Kalle.

Beide haben dieser Maus immer besondere Fähigkeiten bescheinigt. Vielleicht ist es aber auch der gute Speck, mit dem sie Bingo immer locken. Die Wetten für Bingo laufen schon ganz gut und auch Willi und Kalle sind zuversichtlich.

Vier Tage vor dem Termin wird Bingo mal wieder auf Diät gesetzt. Nur ein paar Körner und Wasser bekommt sie täglich.

Kalle besucht sie jeden Tag in ihrem Käfig, aber anscheinend ist die Maus beleidigt. Die Körner sind so gar nicht nach ihrem Geschmack. Kalle schaut besorgt, als aber aus Versehen ein Stück seiner Schokolade herunterfällt, neben der Maus landet und diese sich mit Heißhunger auf den Leckerbissen stürzt, kommt Kalle aus dem Staunen nicht heraus.

An den nächsten Tagen das Gleiche, kein Körnchen wird gegessen. Vorsichtshalber hat Kalle die Schokolade immer dabei und sie wird liebend gern verspeist. Von Diät also keine Spur. Die Kandidatin wird satt und rund.

Dann ist es so weit, das große Mäuserennen ist angesagt. Alles wartet gespannt auf den Startschuss »Mäuse los«. Im Saal ist es mäuschenstill und die ersten Teilnehmer wagen sich nach vorn. Erst zögernd, dann heben sie die Nasen, ein paar kurze Schritte und dann immer weiter zum gedeckten Tisch. Auf manche wartet Speck, andere bevorzugen Käse in verschiedenen Variationen oder gar Salami.

Was aber ist mit Bingo los? Die sitzt in ihrem Käfig und macht keine Anstalten, sich auch nur einen Schritt vorwärts zu bewegen. Alle sind sprachlos. Ist sie zu alt oder zu schwach? Es wird hin und her gerätselt. Bis Kalle zerknirscht gesteht: »Es war bestimmt die Schokolade – deshalb ist sie nicht hungrig.«

So ist dieses Rennen nun restlos verloren und der Spott bleibt nicht aus. Aber es gibt ja noch einen letzten Versuch am kommenden Wochenende. Dieses Mal ist wirklich eine ganz konsequente Hungerkur angesagt und auch Kalle bekommt keine Schokolade in die Hand.

Ein neuer Versuch. Willi hat sich für das kommende Wochenende was ganz Besonderes ausgedacht. Seine Maus soll gewinnen und er legt als Belohnung ein dickes Stück Schokolade ans Ende der Röhre …

Diese Idee ist genial, denn kaum hat sich die Käfigtür geöffnet, wagt Bingo sich raus, schnuppert kurz und rennt in einem Tempo die fünf Meter durch den Kanal auf die Schokolade zu, dass man den Spurt kaum verfolgen kann. Mal wieder ist sie der absolute Sieger.

Viele versuchen es in den folgenden Jahren ebenfalls mit Schokolade, aber keine Maus ist jemals wieder über diese Köstlichkeit hergefallen.

Im nächsten Jahr haben Willi und Kalle eine

neue Maus im Käfig, die wieder wie üblich mit Speck gelockt wird.

Im Dorf aber ist immer noch von der Schokoladenmaus die Rede.

Hannes mit der roten Kapp'

Hannes' Erinnerungen reichten weit zurück und besonders an seinen Großvater musste er oft denken. Er sah diesen großen starken Mann noch vor sich, wie er zu jeder Jahreszeit, ob bei eisiger Kälte, bei Sturm oder bei hochsommerlichen Temperaturen, den Fährbetrieb bewältigte. Die Fähre lief noch an einem Hochseil über den Fluss und die Arbeit an Bord war schwer und anstrengend. Aber damals gab es keine anderen Möglichkeiten, das gegenüberliegende Ufer zu erreichen. Eine Brücke war zu jener Zeit noch eine ferne Zukunftsvision und so mussten Personen, Wagen und Tiere auf diesem Weg befördert werden. Als sein Vater später den Fährbetrieb übernahm, wurde die Fähre dann mit einem Motor ausgestattet und die Arbeit für die Mannschaft wurde erträglicher.

Hannes durfte als kleiner Junge oft mitfahren und er hatte schon damals seine Freude an den täglichen Fahrten über den Fluss. So eine Überfahrt dauerte immerhin circa neun Minuten und es war für ihn nie langweilig. Das Wasser war nie gleich, mal glitzerte und funkelte es wie Diamanten, mal war es unruhig und tobte, oder es war grau und leblos. Er liebte es, ins Wasser zu schauen, nach Fischen Ausschau zu halten oder den Möwen zuzusehen, die ständig die Fähre umkreisten, immer in der Hoffnung auf einen abfallenden Leckerbissen.

Für seinen Vater war es somit eigentlich keine Frage, dass Hannes eines Tages die Fähre übernehmen würde, obwohl der geplante Brückenbau sich jetzt der Vollendung näherte. Die Brücke war zwar vierunddreißig Kilometer stromaufwärts entfernt, aber die Befürchtungen, dass sie sich auf den täglichen Fährverkehr auswirken würde, waren groß. Doch Hannes und sein Vater waren zuversichtlich und hofften, dass hauptsächlich Touristen und Einwohner der Umgebung die Überfahrt wie immer nutzen würden.

Hannes hatte es geschafft. Seit sechs Wochen war er allein der Kapitän auf seinem Fährschiff. Na ja, allein nun auch nicht. Sein Freund Ole war mit dabei. Ab und zu sein Vater, und noch drei Helfer. Trotz der Brückenkonkurrenz lief das Geschäft ganz gut. Hannes brachte neue Ideen ein. Mit Werbung in Zeitungen, Internet und Prospekten wollte er auf eine schnelle Flussüberfahrt aufmerksam machen und er war stolz, dass die neuen Bemühungen Früchte trugen. Die Zusammenarbeit mit Ole lief prima. Manchmal löste sein Freund ihn beim Steuern ab und Hannes konnte wie früher während der Fahrt gemächlich aufs Wasser blicken und den Möwen zuschauen.

Gleich zu Beginn seiner selbstständigen Tätigkeit bekam er von seinem Vater ein besonderes Geschenk: eine Mütze! Eine knallrote Schirmmütze! Hannes war begeistert. Und seit dem Tag trug er sie ständig. Sie war sozusagen sein ganz besonderes Markenzeichen geworden. Seitdem nannte man ihn überall *Hannes mit der roten Kapp'*.

Gestern hatte Hannes wieder einmal einige Arbeiten an Deck auszuführen. Immer wieder fielen so kleinere Reparaturen an. Trotzdem musste er hin und wieder zu den Möwen blicken, die heute ganz besonders wild um das Schiff kreisten. Plötzlich steuerte eine auf Hannes zu, setzte sich kurz auf seine Mütze, pickte einmal kurz daran und flog wieder davon. Erschrocken schaute Hannes ihr nach. »Na, so ein freches Biest, der helf ich, sich meine Kapp' als Landeplatz auszusuchen.« Aber als Hannes sich am nächsten Tag mal wieder an Deck aufhielt, passierte das Gleiche. Die Möwe kam im Sturzflug von hinten auf Hannes zu, pickte kurz an seiner Mütze und verschwand. Täglich wurde Hannes jetzt von dem Vogel überfallen. Manchmal hatte er das Gefühl, dass die Möwe sich ihren Spaß daraus machte und nach getaner Landung lachend davonflog. Es war immer dieselbe, und er nannte sie *Frieda*. Wenn Ole zufällig in der Nähe war, rief er immer warnend: »Achtung, Frieda kommt« – und schwupp landete sie auch schon auf ihrem Lieblingsplatz.

Den ganzen Sommer hatten sie ihren Spaß an Frieda – bis zu dem Tag, als ein heftiger Sturm von See bis weit ins Land tobte. Hannes überlegte sogar, ob er den Fährbetrieb an diesem Tag einstellen sollte. Nur noch diese eine Überfahrt! Der Wind peitschte gewaltig, und der Fluss hatte sich in einen reißenden Strom verwandelt. Hannes konnte nur mühsam an Deck stehen, immer wieder erfassten ihn heftige Windböen. Eine war so gewaltig, dass sie Hannes mit einem heftigen Ruck die Mütze vom Kopf fegte. Erschrocken sah er seine rote Kapp durch die Luft segeln und kurz darauf fand er sie in den Wellen tanzend. Es war aussichtslos, seine Mütze war weg, einfach weg.

Hannes war den Tränen nah, als wie aus dem Nichts Frieda angeflogen kam. Sie kämpfte gegen den Wind, machte einen Schlenker und flog direkt auf den roten Punkt im Wasser zu. Dann schnappte sie sich die Mütze und flatterte mit ihr Richtung Ufer. ›Jetzt hat sie, was sie schon immer wollte‹, dachte Hannes wütend

Traurig brachte Hannes die Fähre in Sicherheit. Für heute hatte er genug. Hätte er doch nur die letzte Überfahrt nicht gemacht! Wie kalt und ungemütlich war es ohne seine Kapp'. Gerade als er an der Anlegestelle vorbei war, sah er zwischen zwei Pfählen etwas Rotes, das da fest eingeklemmt war. Er bückte sich – und nein, das konnte doch nicht wahr sein, das Rote war tatsächlich seine heißgeliebte Mütze! Wie kam die nur dahin? Aber Hannes musste nicht lange raten, Frieda saß, vom Wind ein bisschen zerzaust, auf einem großen Stein und kreischte ganz wild. Hannes konnte es immer noch nicht glauben, er schaute Frieda an. »Du bist einfach ein Prachtvogel«, sagte er, worauf er seine Mütze freudig hochschwenkte und sie dann ganz fest aufsetzte.

Und als ob Frieda nur auf diesen Augenblick gewartet hätte, war sie auch schon auf seinem Kopf, pickte kurz an der Mütze und flog davon.

Verlaufen

Das Schönste am Freitag war schon immer die Heimfahrt. Schon um fünfzehn Uhr hatte Susi Feierabend und so blieb für die restlichen Stunden des Tages immer noch Zeit zum Einkaufen, für einen Arzttermin oder einen lang versprochenen Besuch. Heute hatte sie sich vorgenommen, sich gleich, wenn sie zu Hause war, einen Korb zu schnappen und im nahe gelegenen Wald nach Pilzen zu suchen. Sie kannte sich so einigermaßen gut aus, dazu machte es ihr Spaß und sie konnte nach einer anstrengenden Woche abschalten und zur Ruhe kommen. Es wurde jetzt im Herbst zwar schon etwas eher dunkel, aber es blieb noch genügend Zeit für ihr Vorhaben. Einen schöneren Herbsttag konnte man sich aber auch kaum wünschen. Die Temperaturen waren angenehm warm und es war ein strahlender Sonnentag.

Susi verabschiedete sich von den Eltern und versprach in zwei Stunden wieder zu Hause zu sein. Nein, sie wollte doch anschließend noch bei Tante Anna und Onkel Paul vorbei, da konnte es doch etwas später werden, denn bei den beiden kam man nie ohne ein deftiges Vesper weg. »Also bis später!«, und schon war Susi unterwegs.

Heute hatte sie wirklich Glück. Gleich zu Beginn hatte sie eine Stelle gefunden, wo drei prachtvolle Steinpilze wuchsen. So ein Fund machte natürlich süchtig und Susi suchte, den Blick immer auf den Boden gerichtet, weiter. Da, vier Maronen und sogar eine krause Henne. So langsam füllte sich ihr Korb und Susi merkte gar nicht, wie schnell die Zeit verging.

Nur als es plötzlich etwas dunkler wurde, besann sie sich und dachte an den Besuch, den sie ja noch machen wollte. Also Schluss für heute. Aber Moment mal! Susi schaute sich um. Alles kam ihr so unbekannt vor. Da war doch vorher noch der schmale Weg, und die vor ihr liegende Schonung kannte sie auch nicht. Musste sie jetzt nach links, rechts oder geradeaus gehen? Nach der Sonne konnte sie sich auch nicht mehr richten, denn die war in der Zwischenzeit untergegangen und es herrschte schon ein ziemlich schummriges Licht. Das kam davon, wenn man immer nur den Blick auf den Boden richtete und nach Pilzen schaute.

Aber irgendwo würde sie ja schon aus dem Wald kommen. Tapfer stapfte sie in eine Richtung. Es wurde immer dunkler und Susi hatte

Schwierigkeiten, nicht über Wurzeln und Geäst zu stolpern, als sie plötzlich in der Ferne ein kleines Licht erblickte. Na endlich! Wo ein solches blinkte, war auch eine Ortschaft in der Nähe. Susi folgte dem Schein und als sie in unmittelbarer Nähe angelangt war, war es eine mittelgroße Holzhütte. Es musste ja jemand drin sein, wenn das Fenster beleuchtet war. Etwas zaghaft klopfte sie, als eine ältere Frau die Tür öffnete. Sie hatte langes, strähniges Haar und schaute Susi erstaunt an.

»Ich habe mich wohl verlaufen, können Sie mir sagen, wie ich schnellstens nach Herrendorf komme?«

»Nach Herrendorf? Das sind ungefähr drei Kilometer von hier. Einfach geradeaus. Aber komm erst einmal rein und trink einen Schluck Tee mit uns.«

Mit *uns*? Also war die Frau nicht allein. Und gleich darauf kam auch schon ein großer junger Kerl mit zwei Eimern Wasser um die Ecke. Er sah aus, als ob er ihr Sohn wäre.

»Die hat sich verlaufen«, meinte die Frau, »mach ihr einen Tee.«

Der Junge schöpfte Wasser aus seinem Eimer, füllte es in einen Kessel und schob diesen auf den Herd. Dann öffnete er eine Blechdose und sofort erfüllte ein durchdringender Duft von Kräutern den Raum.

Die Frau starrte unterdessen unverwandt auf Susis Korb.

»Schöne Pilze hast du da gefunden, sind die auch nicht giftig?«

»Nein, nein, die sind alle essbar, möchten Sie welche?«

Kaum hatte sie es ausgesprochen, als die Frau gierig in den Korb langte und sich auch gleich die besten rausfischte. Susi hatte jetzt nur noch einen Wunsch: noch den Tee trinken und dann so schnell wie möglich von hier weg. Das Getränk war warm und köstlich und Susi spürte, wie es ihr guttat und sie beruhigte. Eine nie gekannte Schläfrigkeit überfiel sie und bald darauf hörte sie die Stimmen der beiden Bewohner wie aus weiter Ferne. Susi rollte sich auf der Sitzbank ein und versank augenblicklich in einen tiefen Schlaf.

Draußen war es schon hell, als sie aufwachte. Erschrocken griff sie nach ihrem Korb. Kein einziger Pilz war mehr darin. Auf dem Tisch stand noch der leere Trinkbecher. Ansonsten war niemand in der Nähe. Wo waren die Frau und der Junge? Benommen verließ sie diesen Ort und machte sich auf den Weg. Was hatte die Frau gesagt? Drei Kilometer bis Herrendorf.

Mal sehen, ob es stimmte. Andererseits konnte sie sich jetzt auch nach der Sonne richten und übrigens fand sie es überhaupt nicht mehr so schlimm, den Weg dorthin zu suchen. Und richtig, die Entfernung hatte sogar gestimmt, als sie am nächsten Morgen zu Hause ankam. Ihre Eltern waren nicht einmal erstaunt, da sie annahmen, Susi hätte bestimmt, wie schon des Öfteren, bei den Verwandten übernachtet. Nur dass sie überhaupt keine Pilze mitbrachte, das war schon seltsam.

Susi erzählte ihr Erlebnis erst viel später mal. Aber der Vater lachte nur: »Das hast du garantiert erfunden, denn hier gibt es im ganzen Umkreis nirgendwo so eine Hütte, nur so eine zerfallene Bruchbude. Die steht ungefähr drei Kilometer entfernt im Wald, aber da kann sich ganz gewiss niemand aufhalten.«

Susi aber wusste es besser; doch sie hat nie mehr darüber gesprochen.